제4호

2020.06

마른 꽃

김 미 희

유리병에 담겨있는 마른 꽃들

사람들이 향기에 취할 때
저마다
달싹거렸을 고 작은 입술을 다물었다

예쁘다 바라볼 때
쌍꺼풀진 눈 깜빡이며
콩닥거리던 가슴
아직 있을까

향기 없어 이름도 말라버린
몸
그래도
꽃이라 이름할까

김선하

사진작가, 화가, 칼럼니스트. 사진 개인전 2회.
〈달라스 한인 신문〉에 사진 칼럼 『사람이 있는 풍경』과 『삶의 파노라마』를 10년째 연재 중. 이민자의 희로애락을 사진과 글로 담는 휴머니스트.

김미희

〈미주문학〉 등단. 시집 『눈물을 수선하다』(2016년 세종도서 문학나눔 선정.) 『자오선을 지날 때는 몸살을 앓는다』〈윤동주서시해외작가상〉, 〈성호문학상〉 본상 수상. 〈KTN〉 신문에 '김미희 시인의 영혼을 위한 세탁소'를 연재하고 있으며 연극배우로 미주에서 활동하고 있다.

칼로
새긴 시詩

_박 해 람 ^{시인}

흑점

박 해 람 시인

　작년 가을 고라니가 잠을 자다 간 자리, 올봄에는 보라색 꽃이 여럿 피었었다. 저 보라의 출처를 짐승이라 하겠다. 보라색은 늘 한발 늦는 색. 살짝 물리거나 부딪힌 곳에서 뒤늦게 배어 나오는 색. 가까이에서 보면 갓 핀 보라색 꽃 같지만 그 자리에서, 그 순간에서 멀어지면서 보면 거뭇하게 등을 돌리는 색.

풀을 눕혀 잠자리를 만드는 고라니, 잠자리를 만드는 짐승들은 대부분 온순한 짐승들이다. 세상의 포근한 잠자리들이란 아마도 전생의 지극한 애인이 아니었을까. 그 존재를 바꿔가며 다음 생에까지 따라와 같이 잠들려고 아득한 무연無緣을 헤매고 헤맨 끝에 간신히 찾아온 인연因緣은 아닐까.

고라니는 귀를 이곳저곳에 나뉘어 놓고 잠드는 존재. 여차하면 귀를 두고 멀리 달아나 귀 없이도 며칠을 돌아다니는 존재. 반드시 두고 간 귀를 찾으러 오는 존재. 어느 날 마주친 고라니는 "돌아올게"라는 말의 끝을 뜯어먹고 있거나 이젠 외연外緣이 되어서 생각나지 않는 어떤 얼굴을 물끄러미 바라보다 후다닥, 사라지는 존재.

자신의 몸에 묻는 얼룩을 터는 일은 사람들만의 일. 짐승들은 자신의 몸에 묻는 것들을 그냥, 무늬가 될 때까지 둔다. 무늬는 쉽게 지워지거나 달아나지 못한다. 사람처럼 저의 깊은 곳에 숨기지 않고 아예 밖으로 꺼내놓았다가 점점이 무성해지면 그 무늬 속으로 가끔 숨어들기도 한다.

흔적들은 시간이 지나면서 자연히 사라진다. 후다닥, 눈앞에서 사라지거나 아니면 저의 속으로 천천히 잦아든다. 그런 흑점을 보라라고 우길 때마다 몸은 또 이곳저곳이 욱신거린다. 그런 밤엔 고라니도 숲을 부스럭거리며 돌아다닌다.

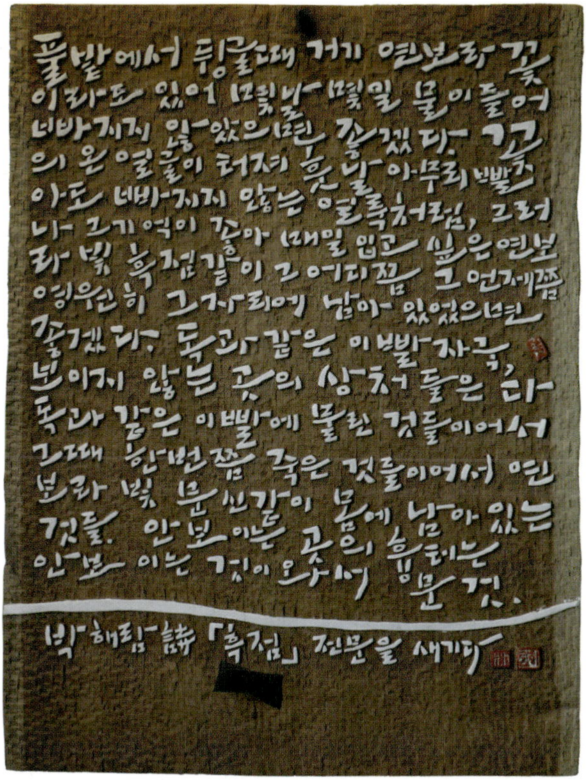

박해람 :
1998년 월간 〈문학사상〉으로 등단.
시집 「낡은 침대의 배후가 되어가는 사내」 「백 리를 기다리는 말」

詩魔 sima

시마詩魔를 만드는 사람들

조성찬 박사　　조향순 시인　박해람 시인　유수진 시인　이도훈 시인　김선하 작가　김미희 시인

차례

수식은 잊어요
날개는 반성 없이 퇴화하고 발로 뛰는 새는 신버전
나는 요리사죠
슬픔의 미각에 길들여진 혀 짧은 새
냄새에 취해 길어지는 코도 잊어요
풀들이 햇빛 쪽으로 키가 크는 것처럼
그건 원칙이니까요
한계 너무 분명한 젊음 따위 버렸다고 믿지만
쿡쿡, 그럴 리가요
세상에, 갈수록 신파도 그런 신파 본 적 없지만
모든 게 너무 늦은 거 알지만
하지만 뭐, 어때요
사랑이 있는 쪽으로 코가 마구 자란대도
그게 뭐 어때서요
나는 아직 누구나를 사랑해요
제발, 이란 파도는 이미 서쪽으로 간지 몇몇 해
새벽처럼 영롱한 모모
떠날까요? 그래요 떠날래요
까짓, 놓지 못할 건 없어요

손아귀 아귀아귀 붉더니 칫, 그믐 달빛에 홀려서는
손바닥 골목 어귀 가로등 별빛 복사하는
혀는 짧고 코는 긴 음이월
밖을 향한 손가락은 외로워요

– 「음이월」 전문

이우디 시집
수식은 잊어요

이우디의 시편들은 한 마디로 '포스트모던post modern'의 글쓰기 전형을 잘 보여주고 있다. 여기에서의 '포스트'는 '이후' 또는 '다음'과 같은 뜻을 가짐과 동시에 '벗어난' 혹은 '넘어선'의 뜻을 갖게 된다. 따라서 '포스트모던'이란 말에는 모더니즘 '이후', 즉 그것을 시간적으로 '계승'한다는 의미와 함께, 모더니즘을 '벗어난', 즉 그것과의 '단절' 내지는 '이탈'이란 의미를 포함하게 된다.

이우디의 글은 클릭 한 방이면 어디에도 접속되어 자유롭고 유동적인 가지치기가 가능한 '하이퍼hyper시'로도 설명될 수 있다. 또한 뿌리, 줄기, 가지 순으로 질서정연한 '수목樹木'에 대비되는 '땅속줄기식물', 즉 땅속에서 땅속을 향하는 '리좀rhizome'적 사유로도 설명될 수 있다. 둘 다 체계적이고 위계적인 구조가 아니다. 비선형성의 새로운 맥락을 제공한다. 포스트모던의 전형이라 아니할 수 없다.

어려웠지만 유익한 독서였다. 건필이 계속되기를 기대한다. – 호병탁(시인·문학평론가)

황금알   서울시 종로구 이화장2길 29–3, 104호(동숭동)
TEL 02–2275–9171   FAX 02–2275–9172

공감
시선
03

봄은 사무친다는 또 다른 이름

유명선 시집

고독을 고독으로 독해하는 법을 유명선은 안다. 고독의 천형은 항체와 항원이 모두 고독이다. 동굴의 언어는 벽화로 이미지화된다. 어둠 속에서 확연히 형상화되는 생수의 언어, 자기구원이다. 결론적으로 유명선의 시는 고독 뒤에 나타나는 발열이다. 그것은 지독하게도 경허와의 도플갱어를 수반한다. 콧구멍 없는 자신에게 구멍을 뚫어 숨을 쉬게 하는 일, 유명선은 그렇게 시를 쓰고, 그래야만 산다.

– 이덕완 시인의 해설 「흙의 상상력과 구원의 동굴벽화」 중에서

좋은 책 만드는 도서출판 도훈

서울시 서초구 법원로3길 19 2층 W109호 / 010-6722-4621, 0507-1453-4621
홈페이지 : http://www.dohun.kr / flyhun9@naver.com / Fax : 0504-227-4621

공감시인선(1~17)

공감에세이(1~4)

파란시선
0055

고광식
시집

외계 행성
사과밭

고광식 시인은 자기만의 지식에 안주해서 시(詩)에 도달하려는 인텔리전스 예술가 지식인이 아닌, 의식의 안과 바깥을 부단히 넘나들며 시에 도달하려는 익스텔리전스 (extelligence) 예술가 지식인의 모범을 보여 주었다.　　　　　—박찬일(시인)

고광식 시인에게 '죽음'은 자본주의적 가치 추구 이면의 비인간성을 드러내는 하나의 방법론이면서, 자신이 발견한 현실의 흉폭한 힘에 맞서 시를 쓸 수 있게 만드는 원동력이기도 하다.　　　　　—남승원(문학평론가)

(10387) 경기도 고양시 일산서구 중앙로 1455 대우시티프라자 B1 202호 T. 031-919-4288 F. 031-919-4287 • 0504-441-3439 E-mail bookparan2015@hanmail.net

외계 행성 사과밭 | 고광식 | 파란시선 0055 | (주)함께하는출판그룹파란 | B6 | 128쪽 | 2020년 5월 20일 발간 | 정가 10,000원

파란

좋은책 만드는
도서출판 도훈

공감시선

공감시선 01 _정대구
　　　지금까지 난 그렇게 신통한 아이는 본 적이 없어요
공감시선 02 _정준영
　　　장난이었는데 심각해지고 말았지
공감시선 03 _유명선
　　　봄은 사무친다는 또 다른 이름
공감시선 04 _심승혁
　　　수평을 찾느라 흠뻑 젖는 그런 날이 있다

서정의 서정

서정의서정 1　　　　서정의서정 2
권달웅 _꿈꾸는 물　　　윤석산 _절개지

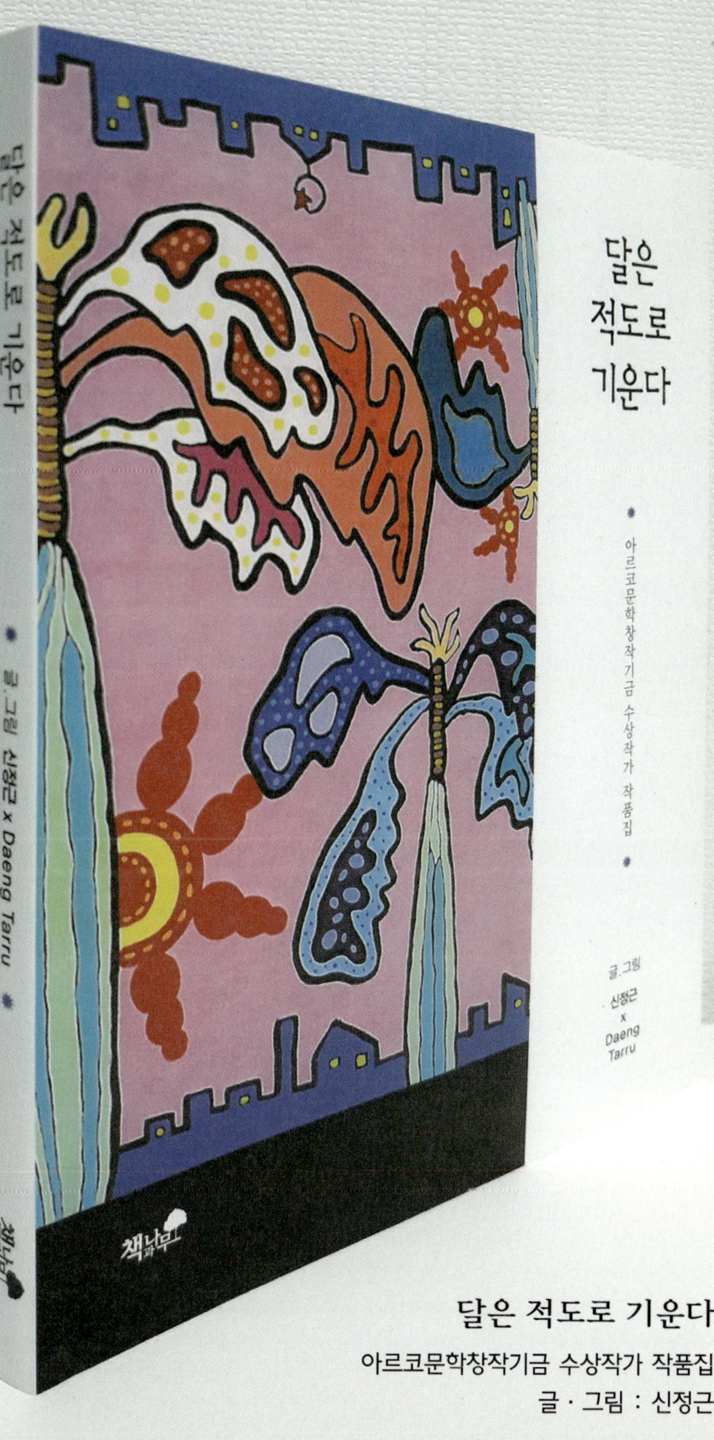
달은
적도로
기운다

아르코문학창작기금 수상작가 작품집

글.그림
신정근
x
Daeng
Tarru

달은 적도로 기운다
글.그림 신정근 x Daeng Tarru

책과나무

달은 적도로 기운다
아르코문학창작기금 수상작가 작품집
글 · 그림 : 신정근

공감
시선
04

수평을 찾느라 흠뻑 젖는 그런 날이 있다

심승혁 시집

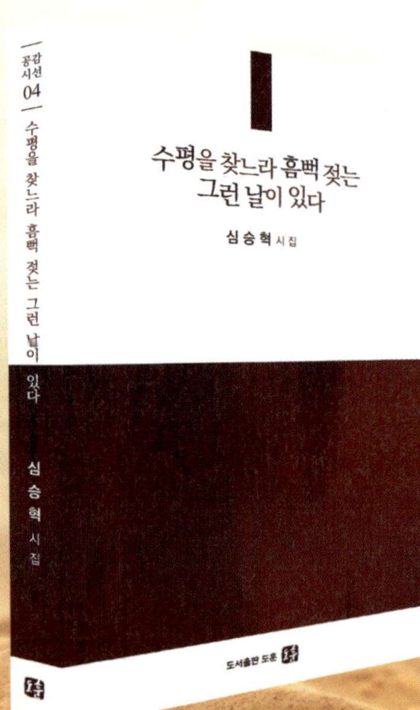

본격적으로 시를 짓기 전까지 내게 글이란, 지나간 삶의 일기였으며 모호해져가는 기억의 잊음에 대한 삶의 애착 같은 기록이었다. 거창하게 문학이라는 세계 속에 내가 존재했다기보다는 언저리에서 기웃대는 아웃사이더 같은 심정으로 좋은 글을 읽고 내 마음과 같음에 대한 안식 같은 휴식 공간이었을 뿐이다.

– 심승혁 시인의 해설 「시는 계절처럼 변해가되 변치 않는 풍경」 중에서

좋은 책 만드는 도서출판 도훈
서울시 서초구 법원로3길 19 2층 W109호 / 010-6722-4621, 0507-1453-4621
홈페이지 : http://www.dohun.kr / flyhun9@naver.com / Fax : 0504-227-4621

시마詩魔 _여름 신작시

빈 방

이영광

안암병원 장례식장에는
1층부터 3층까지 칸칸이
초상집들이 늘어서 있었는데,
저녁 되니 어느새 부산해져서
잔칫집들 같았다

화장실 다녀오며 취한 눈으로 보았나?
2층 구석 206호실만 비어 있었다
아직 새 손님이 들지 않아 조용조용한
그 방이 제일 쓸쓸해 보였다
진짜 초상집처럼

철조망

머리가 다 허예지도록 수습되지 않는 어떤

정신 문제가 있다면,

더도 덜도 아니고, 여전히 십 대 양아치들 팔뚝 담배 빵 같은

성가신 어지럼증 같은 게 있다면,

그건 네 것이 아니다

태어나면서부터 가졌거나 태어나기 전부터

몸에 찍혀 있던 것,

살기 전에 다쳐버리는 이것,

아무런 정신이 있는 이것,

너는 네 눈을 찌르면서

덧나지도 아물지도 않는 어느 새벽에 온다

너는 너를 미친 듯 두드리고

사방에서 흔들고

허물다가는,

허물어진다

이 버르적거리는 자세를 서른 몇 해 전 군에서

철조망 통과할 때도 했었다

너는 이것에 긁혀 피 흘리며 기어 나온 것이다

어머니는 몸에 그런 걸 치고 계셨지

그러나 어머니는 왜,

생살 속에 철조망 같은 걸 품고 계셔야 했던 말인가

이영광

1998년 <문예중앙>으로 등단.
시집으로 『그늘과 사귀다』『남누는 간다』『해를 오래 바
라보았다』『깨끗하게 더러워지지 않는다』 등이 있다.

나무가 자라는 지하

이영주

　　지하의 사람들은 이곳에 없는 나무에 대해 잘 알고 있다. 아침에는 베개에 눈을 묻고 떨어뜨린 잎사귀를 찾는다. 형광등이 켜지면 없는 나무는 조금씩 자란다. 방구석에 드리운 뿌리가 영원에 걸쳐 있다. 나는 오랜 시간 앓아온 나의 병이 낯설다. 새벽이면 개수대 앞에서 젖은 털을 털어내고 있다. 병이란 투명한 것일지도 모른다. 잘 보이는 것일지도 모른다. 하지만 나는 나의 나무에 익숙해지지 않아. 만져지지 않는 자신의 옆구리를 더듬는 이상한 나무. 숲은 어디에 있지. 깨진 유리병 속에서 백발이 자라고 있다. 아무것도 남겨두지 마. 나무여, 네 안을 걷다 보면 나는 젖은 발이 썩는다. 지하에는 많은 것들이 있다. 오래전부터 흘러내리는 끈끈한 백설탕. 너무 달아서 끔찍하고 어지러운 꿈 속에 있었어. 네 안인 줄 알면서도 내내 걸었어. 현실 너머의 초과된 세계로 흘러가는 문장들을 따라 걸었어. 끝도 없이 긴 공백들이었어. 나는 스무 살이지만 터질 듯한 공백은 어디에서 멈출까. 나무의 유령들은 산책중독자. 공중에 도착하지 못해서 지하로 던져졌지. 시간이 멈추었지. 이곳의 하루는 끝나지 않는다. 나는 공중의 가파른 계단을 오르기 위해 매일 매일 운동했지. 조금씩 파손되고 부서졌지. 잎사귀가 돋아나는 병. 가려워서 웃었지. 다행일 수 있겠다. 네가 생각하는 것처럼 고통은 딱딱한 물질이 아니야. 나무는 내부에서 그릇을 꺼내 눈물을 받아낸다.

나의 선교사

흑백의 지구가 굴러간다.

정확한 말이 없어서 사는 것 같다.

결국 못 찾는다는 것을 알면서도
너는 잠깐 기침을 했다.
선교사는 그저 꿈일 뿐이라고 생각했었는데.

태풍이 오기 진에 니를 믿있다.
너는 정글에 갔던 이야기를 해주었다.
짐승의 가죽들이 나뒹굴었던 새벽이었다고 했다.
아프리카인들은 멀리서 총을 들고 서 있었다고 했다.

그때 너는 오래된 기도문을 끌어안고 울었다고 했다.
빗속에서 너는 나의 손을 꽉 잡고 울었다.

나는 잠시
그 험하고 아름다운 꿈의 세계로 들어갔다.
온몸이 피투성이가 되었다.

비가 오면 우리는 우산만큼 떨어져 걸었다.
헤어나올 수 없는 긴 여행은
마음에서 시작되었다.

너는 다시 정글 속으로 돌아갔다.
나는 아무리 걸어도
신이라는 아름다운 바닥으로 갈 수가 없었다.

이영주
2000년 〈문학동네〉로 등단.
시집 『108번째 사내』『언니에게』『차가운 사탕들』
『어떤 사랑도 기록하지 말기를』이 있다.

새똥

길 상 호

시간이 고여 흐르지 않는 오후였다

유리창에 굳어 있는 새똥을 닦아내다가
이미 죽은 새 우는 소리를 들었다

새는 공기주머니를 뒤적여
쓸쓸하고 씁쓸한 울음만 꺼내놓았다

골목 가장자리 씀바귀가 꽃잎을 닫고
씨앗 만드는 일을 서둘렀다

고여 있던 시간이 조금씩 증발하고

이름 대신 날개를 단 사람이 창가에 다가와
입김을 불어대는 것인지
유리가 뿌예졌다가 다시 투명해졌다

똥을 닦아낸 휴지는
죽은 새처럼 나의 손바닥에 놓여 있었다

날개를 갖고 싶다는,

위험한 생각이 잠시 떠돌다 갔다

계약

이번엔 반신불수의 집을 택했습니다
고양이 셋을 매달고 다니는 사람에게는
이런 집 말고 소개할 곳이 없다고
부동산중개업자들이 한목소리로 말하더군요
한쪽 방은 죽어 싸늘하고 딱딱하고
다른 방도 오래 앓아 수척해진 상태였는데
균열과 곰팡이와 결로가 뒤섞인 벽,
그 몹쓸 쓸쓸함에 발목 잡히고 말았습니다
집은 전체적으로 낡고 늙었지만
어쨌든 부드러운 인상을 간직하고 있었습니다
죽은 방과 아픈 방을 건너다니다 보면
기막힌 이야기가 태어날지도 모르지,
막연한 기대를 갖게 했던 것도 사실입니다
생각해보면 내 마음이 세 들어 살던 당신도
상처투성이 집이었습니다
수리해 놓으면 또 다른 상처를 만들어내는
그 집이 그래도 편안했던 건
어떤 울음에도 소홀하지 않았기 때문이지요
고양이들은 이번 집에서도 야옹 야옹

벽마다 근사한 무늬를 그리며 잘 지낼 겁니다
사람의 잡념쯤이야 훌쩍 뛰어넘을 수 있는
점프 능력을 갖추고 있으니까요
이제 계약은 끝났으니 다음 소식은
이사를 한 후에 천천히 적도록 하겠습니다

길상호
2001년 〈한국일보〉 신춘문예 당선.
시집 『오동나무 안에 잠들다』 『오늘의 이야기는 끝이 났
어요 내일 이야기는 내일 하기로 해요』 외 3권.
사진에세이 『한 사람을 건너왔다』
〈현대시동인상〉, 〈김종삼 시문학상〉 등 수상.

우리가 나눠 가진 촛불의 쓰임이
다를지라도

서윤후

때가 되면 돌아가겠지
더 늦기 전엔 불러야겠지
맹세를 견디다가 믿음이 되는
그런 일은 없어야겠지

터널 끝엔 빛이 없어
빛의 끝엔 터널이 있겠지만

그을림을 도려낼 수 있도록
아프거나 가렵지 않을 만큼
불꽃을 갖다 대면서

말하고 싶겠지 알고 싶겠지
따뜻함의 본색이나 감동 없는 촛불을
우리가 마주치지 않을 날을

모든 연기를 불꽃에서 꺼내고
각자 가녀린 잎사귀로 돌아가

활활 타오르는 생각을
멈출 수 없게 되었고

그러나 그것은 언젠가 따뜻해지겠지
그것은 언젠가 쓸모 있겠지

다시 불 붙여주기 위해
서로 뺨에 흐르는 눈물을 닦아주는

다 쏟아지고 없는 것이
여기에 있기에

의심

물을 간직하고 싶어서
컵을 골랐을 때
이 컵은 내 것이 아니라고 한다

작은 두 손을 단단히 모아
물을 받아낼 땐
아직 세수가 끝나지 않았느냐 묻는다
이렇게 얼굴이 많은데 어째서

물을 가진 적 없어
버릴 수도 없다고 한다

쌀 씻고 걸레 빨고 목 축이는
물의 정령이 말한다
어떤 얼룩에서 걸어 나왔느냐고

물을 꺼내주기 위해
정화조를 두드리는 빗소리가 있다

쏟아지려다 말았던 한 방울의 물이

오늘도 문단속을 잘 하였다

서윤후

2009년 〈현대시〉로 등단했다. 시집으로 『어느 누구의
모든 동생』『휴가저택』『소소소小小小』가 있다.
제19회 〈박인환문학상〉을 수상했다.

페르마타

박은정

너의 마음보다 더 멀리
너는 뛰어가고 있다

경중거리며, 입속에 흥얼거리는 음표를 물고서

금방이라도 넘어질 듯
넘어지지 않고 뛰는 사람

여분의 시간이 있었다면 더 멀리 갔을까

미처 끝내지 못한 어제가 무기력하게
두 눈 껌뻑이는 하루를 오늘이라 한다면
오늘을 어떻게 맞이해야 할지 망설인다면

눈송이를 닮은 사람이 저편으로 유폐되고
폐기된 사랑에 관통상을 입은

무너지기 직전의 마음을
나는 무엇이라 불러야 할지 모른다

문을 두드리다 주저앉는 밤이 가고

기어이 떠나간 사람일 수 있도록 길고
더 길게 우는 내력으로 아침이 찾아오도록

너는 마음보다 더 멀리
너보다 아스라이 멀어지고 있는데

시든 화단에 물을 쏟는 동안
죽어가는 이파리가 나를 용서하는 동안
이곳은 너무 오래 부패하고 있다

북쪽의 노랫소리와 잠든 양떼들,
최초의 세계를 끌고 한 사람이 오던 날처럼
사람이 사람을 구원한다는 게 가능한 문장일까

가스등도 없는 골목에서
하염없이 바라보는 사람의 휘청거림

어디까지 사라질 수 있을지 모르지만
들켜버린 얼굴을 두 손으로 가리면
네가 보이지 않았으면 좋겠다

인형의 섬

소치밀코 운하를 따라 걸으면
진흙으로 만든 섬이 여러 개

같은 곳을 맴도는 밤에는
걸음마다 드넓은 야자수가 펼쳐지고

긴 나무마다 매달린 인형들이
전설 속의 소녀를 부르네

아름다운 네가 여기 있어
당당한 울음으로 실꾸러미를 풀어헤치는
한 낱의 실과 실이 서로를 실감하는

영혼의 좌표를 따르는 인형들
달빛에 반사된 훈영暈影을 바라보면
질문도 없이 사랑한다고 말하는 입버릇

세상의 방관자들이 눈을 덮고
구겨진 무릎으로 숲을 떠돌 때

섬마다 검은 운하가 범람하고

너의 머리칼이 젖고
울음과 비명이 널을 뛰고
그럼에도 우리는 섬을 관광하는
세상에 없을 승냥이들

말하지 못하는 혀를 차듯
부끄러움의 갈기는 피와 살이 되고
해로운 마음은 선명해서 영원할 것이니

진짜 사람처럼 살아있을게
시종일관 무한의 용기를 가지고
해변과 폭풍우는 새로운 심장을 만들 테니까

이상하게 슬픈 일만 떠오르는 건
뒤엉킨 쥐똥나무와 악어새의 무료한 장난일까

새된 목소리로 자정을 부르면

길게 문드러진 소녀의 손금이 섬과
섬을 넘어 사람들의 푸른 이마를 매만지고

이만큼 너를 위로할게
너의 호칭이 되어 네가 되어
투우사의 불길한 표정으로
사랑할게 구제불능으로

우유와 사탕으로 악몽을 키우고
괴담을 따라 키가 자라는 아이들

누군가 인형의 부러진 허리를 일으키면
잠든 운하에서 작은 두 눈이 껌뻑였다

박은정
2011년 〈시인세계〉 신인상으로 등단. 시집으로 『아무도
모르게 어른이 되어』 『밤과 꿈의 뉘앙스』가 있음.

囗

석 민 재

그리다 망친 그림이다 생판 다른 그림이다 익숙해질 게 따로 있지 찾는 것이 숨는 것이다 백날 읽어봤다 팍 찢어지지도 못하는 부적이다 구석구석

한 사람 한 사람 다 기계적으로 기도하고 '오늘 미사 끝났어요, 내일 아침에 또 있어요. 잘 데가 있어요, 어디로 갈 건데요?' 입은 모든 면에서 쓸모가 있다 동네를 뒤집어 놓아도

달마라도 만났나 그만 좀 일어나라 말 없는 전화가 계속 걸려오는데 민낯도 없는 사람처럼 좋아좋아 음모론에는 반드시 누군가의 계략이 있다

진실을 모르는 멍청한 새 알지 뻐꾸기의 탁란 아무도 믿지 말고 너나 걱정해 저 균형은 거짓말이다 희망은 위험하다 우리가 이 자리에 없어도 된다면

조금 놓아버리면 조금의 평화가 오고 크게 놓아버리면 큰 평화를 얻을 것이니* 냉정하게 뒤집어도 나는 모방범이 아니다 유일한 계승자다 가족을 위험에 버려두는 아버지는 없으니까

*아잔브라흐마

동: 백이

아침밥을 줄까, 꽃처럼

울고불고해도

아침뉴스에서 날씨 말하는 사람이

빨강은 좋은 색이야, 제가 말 안 한 게 있는데요

죽음은 변하의 가장 강력한 무기

역대 동백들의 사명

태연하게 피납니까?

동백에서 동: 백으로

어린애와 개는 정원 일에는 맞지 않대요, 그러니까

같이 죽지 않을래요?

우늘두 손님이 우실 건데요.

지금은 경찰과 학교를 믿어야 해요

오늘은 날씨가 좋아도 권한 밖의 일들이

여태 떨어지고 있는 저들이,

석민재
2017년 〈세계일보〉 신춘문예 당선.
시집 『엄마는 나를 또 낳았다』

『시마詩魔』 시 창작교실 안내

　계간 『시마詩魔』에서는 시 창작으로 고심하는 분들을 위하여 **시 창작 교실**을 운영하려고 합니다.

　장소나 시간은 지역별로 모이는 인원과 수준을 고려하여 개설하려고 합니다. 관심 있으신 분들은 이메일이나 전화로 접수를 해 주시기 바랍니다. 신청자가 모이는 대로 수업을 시작하려 합니다.

강의 형태 : 1 : 다수(3~5)의 수업, 비공개 수업.

강의 내용 : 시 이론 및 신작시 평가, 첨삭지도 등.

대 상 자 : 등단이나 공모전을 준비하는 분.

강　　사 : 시 창작 수업 경험자.

　　　　　시 공모전 심사급 시인.

수업 및 강사는 비공개로 합니다.

초보자는 별도로 수업합니다.

관심 있으신 분들은 이메일(hello@dohun.kr)이나 전화(010-6722-4621, 이도훈)로 상담해 주시기 바랍니다.

『시마詩魔』 시 창작교실은 시마의 수익 사업이 아닙니다.
보다 심도있는 시 공부를 원하는 회원들을 위한 프로그램 입니다.

나의 시詩 나의 생生

나는 얼치기 시인,
　　　얼치기 교사,
　　　얼치기 농부다
_정 대 구

나는 얼치기 시인, 얼치기 교사, 얼치기 농부다

정 대 구 시인

세 살 때 버릇이 여든 간다. 마찬가지다. 어렸을 때 먹은 마음(꿈)이 평생을 간다. 나에겐 꿈이랄 것도 희망이라고 할 것도 없이 그냥 '마음'이다.

내가 여기서 어렸을 때라 말함은 10세 전후, 그 무렵 무언가 내 스스로 생각이 싹틀 때라 할 것이다. 그때부터 나는 여느 애들과 다르게 분명 별난 생각을 가지고 있었던 것 같다. 공부는 잘했지만 공부는 잘해서 무엇 하나, 사람 사는 것 다 거기서 거기지(이런 애늙은이 같은 생각).

왜 그랬을까, 그건 나도 모른다. 열악한 성장환경 탓이 아니었을까 싶은데 과연 그래서일까. 서울 변두리를 전전하다가 내 나이 대여섯 살부터 1, 2학년까지 서울 무학재 고개 너머 안산 국민학교에 다녔지만 당시 그곳은 도시 변두리 빈민촌, 농사나 짓고 마차나 끄는 시골과 다를 바 없는 깡촌이었다. 홍제동 화장터 넘어가는 맞은편 큰길가(의주로) 단칸 문간방에 우리는 세 들어 살았는데, 거의 매일 서울 장안에서 넘어오는 장례행렬을 보며 자랐다. 옛날 맹자는 상엿소리를 흉내 냈다지만 나는 '지게 우희 거적 더퍼 주리혀 매여가나/ 유소보장流蘇寶帳의 만인이 우러네나'(송강의 「장진주사」) 사람이 죽는다는 것은 엄연한 사실. 조숙했다고 할까, 나는 거기서 어렴풋이 허무의식 같은 걸 느낀 게 아닌가 생각된다. 당시 나는 나도 모르게 이 마을 불량배 조지의 쫄개였다.(─『시와정신』36호 「젊은 날의 초상」, 『한국시학』38호 「나의 시 나의 문학」 참조) 3학년 초에 시골로 이사 와서도 보고 듣는 문화적 환경은 전깃불도 모르고 신문 라디오도 모르고 책방 서점이란 것도 문화인도 문화시설도 전혀 없는, 듣고 보는 것이 그저 일, 농사짓는 일뿐인데 이런 벽촌에서 어린 것이 무슨 큰 꿈을 꾸겠는가?

연약한 어머니가 힘든 농사일을 해야만 하는 가정환경, 어머니가 새벽같이 일어나 저녁 늦게까지 하시는 일이 너무 안쓰러워 초등학교를 다니면서도 동네 어른들의 칭찬을 들을 정도로 어머니를 도와 많은 밭일을 해냈다. 빨리 초등학교만 졸업하면 본격적으로 어머니의 농사일을 도와 이웃 아저씨들처럼 장정이 되어 일을 척척 해내고 싶었다. 공부는 무엇이고 출세는 무엇이고 농부는 무엇이 다른가.

먹고 사는 일은 다 같은 것, 사람 사는 것 다 거기서 거기지 (이런 개똥철학 같은 엉뚱한 생각).

8·15해방 때 시골로 내려와 2년간 선친으로부터 천자문 동몽선습 통감 1권까지 배우며 놀고 약 3km 거리에 있는 관현학

교(송산초등분교, 뒤에 마산국민학교로 독립)에서 5, 6학년을 다녀 졸업을 했다. 6학년 봄에 글짓기 숙제로 지어간 「저축」이란 글을 잘 지었다고 유지면 담임선생님이 읽어주시고 서울로 보내어 학생 잡지에 나오게 해 주신다고 했는데 곧바로 6·25동란이 터져 흐지부지되고 말았지만 초등학교 시절 유일한 추억으로 남는다.

우리 동네 대부분의 아이들과 마찬가지로 나도 상급학교 진학을 하지 않고 농사일을 거들며 놀고 있었다. 그러던 어느 날 면 소재지에 있는 송산고등공민학교(중등과정, 나중에 송산중학교로 승격) 선생님 두 분이 찾아와서 1등으로 졸업한 우수한 학생은 가르쳐야 한다며 부모님을 설득, 학교에 보내겠다 했지만 정작 나는 학교 안 가겠다고 버텼다. "하면 좋다. 네가 정히 학교에 안 가겠다면 산에 가서 나무나 해 와라." 야단을 맞고 막상 망태기와 갈퀴와 낫을 들고 산에 올랐지만 민둥산에 땔나무는 보이지 않고 개미집에 오줌을 갈겨 허둥대는 개미들을 보며 나는 하느님, 오줌 홍수에 허둥대는 개미는 홍제천 홍수에 허둥대며 떠내려가던 마부를 연상하기도 하며 산봉우리에 벌러덩 누워 창창한 파란 하늘에 두둥실 떠가는 흰 구름을 한없이 올려다보기도 하고 멀리 밝은 햇살을 받아 눈이 부시게 반짝이는 서해 바다를 하염없이 내려다보다가 고즈넉한 이 세상, 이렇게나 유장하고 여여한데 공부는 해서 뭣해 이런 엉뚱한 생각을 했다.

일찍 찾아온 사춘기의 반항이었을까, 이때의 이 생각, 이 같은 회의懷疑는 내 생애를 관류해 지금까지도 면면이 내 핏줄 속에 흐르고 있는지도 모른다. 나의 데뷔작 「나의 친구 우철동씨」
에서 '너는 누구인가'를 서너 번씩 반복한 것도 단순한 의문사
가 아닌 절실한 나의 회의주의 생각을 드러낸 것이 아닐까. 생
각을 바꾸기란 계절을 바꾸기보다 어렵다고 누가 말했던가.

[어머니와 아내]

[어머니와 우철동 씨]

나) 어머니의 부지깽이가 나를 고등공민학교에 보내다

붉은 해가 수평선에 걸릴 무렵 덜렁 빈 망태를 메고 집 안으
로 들어서기를 사흘째, 부엌에서 매운 연기를 피우며 저녁을 지
으시던 어머니가 기다렸다는 듯이 부지깽이를 둘러메고 퇴로
도 없는 컴컴한 사랑 부엌으로 나를 몰아넣고 매질을 가한 뒤
나를 대문 밖으로 밀어내치시며 "학교도 가기 싫다, 일도 하기
싫다, 그러면 너는 나가 깡통이나 차라."며 대문을 걸어 잠그셨
다. 결국 나는 다음 날 새벽 먼동이 틀 무렵 어머니가 우물물을
길으러 물동이를 이고 나오실 때까지 대문 밖에 쪼그리고 앉아
어머닐 기다려 용서를 빌고 아침을 먹고 난 뒤 나무 망태기 대

신 책가방(어머니의 수제품)을 메고 20리를 걸어 다른 아이들보다 한 달 늦게 고등공민학교 1학년에 입학, 학교를 다니게 되었다. 이왕 공부를 하겠다고 마음먹은 이상 열심히 했다. 공부 시간에 열중했고 오가는 신작로 길에서도 국어책에 나오는 시를 줄줄 외고 다녔다. "빛을 찾아가는 길에 나의 노래는/ 슬픈 구름 걷어가는 바람이 되라(조지훈 「빛을 찾아가는 길」)" 그 결과 1학년 1학기고사도 평균 95점 이상, 2학기 학년말고사도 95점 이상을 받아 공납금면제 특대생이 되었다.

하지만 나는 어린 회의주의자懷疑主義者, 세상 사람들이 왜 고르게 살지 못할까, 누구는 잘살고 누구는 못사나. 고공시절 나에겐 이런 일화가 추억으로 남아있다. 말도 안 되는 말 같지만 그 시절 어머니가 사주신 운동화를 놔두고 나는 맨발로 학교를 다녔다. 곧은 신작로에서 자전거를 타고 출근하시던 신웅희 교감선생님을 만났다. "어이, 정대구 너 왜 맨발이야?" 나는 이런 엉뚱한 대답을 해 선생님을 놀라게 했다. "우리반 아이들이 다 운동화 신고 거지들이 신을 다 신을 때 나도 신을 신겠어요."(6·25직후 벽촌 중학교엔 운동화가 드물고 주로 검정 고무신 아니면 맨발학생도 실제로 있었다) 집에 돌아와선 나는 당면주의자當面主義者(?). 변소에 거름이 넘치면 똥지게로 똥통을 지고 가서 눈이 하얗게 덮인 보리 고랑에 똥바가지로 똥을 퍼주기도 하고(동네 어른들이 혀를 내둘러 칭찬하는 소리를 들으며) 시험 때라 할지라도 어머니가 혼자 콩밭을 매시거나 참깨밭을 매시는 걸 보면 책보를 집어던지고 호미를 들고 나가 어머니를 도왔다(추가시험을 보면 불이익이 있다는 것을 알면서도).

[충암고 제자들과, 1988년 봄, 설악산 수학여행 때]

[여의도 한시반 사람들]

다) 모교에 교사가 되다

나는 고공(고등공민학교) 2학년 때 고입검정시험을 보고 그 성적을 가지고 인천고등하교 1학년에 편입학하여 상과에 다녔다. 처음엔 적산가옥 2층 다다미방에서 자취를 하다가 친구 민경락(뒷날 맹아학교 교장)의 소개로 입주 가정교사루 들어가 대건중학교 1학년 김영웅의 성적을 많이 올려 좋은 대접을 받았다. 내가 처음 시집을 접한 것은 고교 2학년 때였다. 신석정의 『슬픈 목가』 영웅네 누나가 선물해 준 것, 너무 좋아 큰소리로 외우곤 했다.

　　'지구엔/ 돋아난/ 산이 아름다웁다/ 산은 한사코/ 높
아서 아름다웁다/~ 언제나/ 나도 산이 되어보나 하고/
기린같이 목을 길게 늘이고 서서/ 멀리 바라보는/ 산/
산/ 산'

　　2학년 때 나는 같은 상과 친구 심재기(뒷날 서울대학교 국
문과 교수)가 빌려준 『현대문학』 창간호(?)를 처음 읽었고 그를
도와 교지 『율림栗林』을 만들었고 거기에 나는 바닷가에서(시)
거울 앞에서(수필) 단편(소설?)을 하나 실은 기억이 난다. 그중
수필 「거울 앞에서」는 심 교수가 보관하고 있다가 나의 회갑 축
하문집 『만남의 빛살 속에서』 심 교수의 글 「물맛 같은 세월 43
년」의 후미에 붙여놓아 지금 다시 읽을 수 있어 감회가 새롭고
심 교수가 고맙다.

[합동출판기념회 : 전원 사장, 김강태 시인, 미당 선생, 나, 이성선 시인, 나태주 시인]

졸업에 임박하여 임종국 담임선생님께서 추천하는 상업은행 취업을 마다하고 나는 2년제 사범대학을 택했다. 이유는 단순하다. 빨리 학교를 마치고 모교 송산중학교 교사가 되고 싶어서다. 직접 농사를 짓고 싶었지만 5학년 때 이웃 형하고 놀다가 오른팔 뼈가 부서지고 골절되어 인천 접골병원에 입원시술을 받았지만 힘을 못 쓰는 병신이 되고 다음 해 왼팔마저 부러져 전혀 힘든 농사일을 못하게 된 탓에 선생을 하면서 틈틈이 감농이나 하면서 살겠다는 생각에서다. 이렇게 나는 어릴 때 소망인 실한 농부는 못 되었지만 모교 교사가 되었고 흙을 사랑하고 농사를 천하제일로 아는 농사꾼 김연복을 아내로 맞아 농사를 지어가며 5남매를 키워냈다.

라) 나의 문리사대 시절

서울 수복 직후 대학 생활을 한 대부분의 학생들이 대동소이했겠지만 대입시험을 치르고 나서야 난생처음 짜장면을 먹어보고 대학생활 두어 달 만에 처음 다방에 들어가 역시 난생처음 커피 맛을 알게 된 화성 벽촌에서 올라온 어수룩한 촌뜨기, 나의 초급대학 시절은 주경야독 주독야경을 닥치는 대로 넘나들며 문자 그대로 동가식서가숙하며 주거가 일정치 않은 불안한 생활을 하다가 삼랑진에서 올라와 서울체신고등학교를 마치고 우체국에 근무하며 비교적 일찍 자리를 잡고 동생(뒷날 서울약대 입학)과 함께 자취생활을 하는 우철동 씨를 만난 나는 거기에 얹혀사는 신세를 졌다.

1학년 때 대학학보사에서 현상문예작품 모집 광고를 냈다. 나는 난생처음 들어가 본 지하다방 천장에 달덩이 같이 둥글

게 매달려 은빛 광선을 뽀얗게 뿜어 내리는 실내등이 너무도 신비스러워 그것을 소재로 「실내등의 무게」라는 시를 써서 응모했는데 그 작품이 1등으로 당선되어 활자화되고 상금도 두둑이 받았다. 나는 이 상금으로 우철동 자취방에 감자 두 자루, 쌀 세 포대를 들여놓았다.

'못 견디게 못 견디게 그 무엇이 솟아나야 하는가. 별들도 총총히 밤하늘은 여전하고나. 도깨비 꽃귀신들의 떼 그것들도 밤하늘 아래 여전하고나'로 시작해서 '사랑이여 쓰러지게 하라. 서로 안고 화아니 쓰러지게 하라. 서로 안고 화아니 솟아나게 하라.'로 끝나는 산문시 「실내등의 무게」는 나와 1, 2등을 다투던 홍옥표(뒷날 서울시 장학사, 홍은중학교 교장으로 퇴임)에게서 고맙게도 자료를 받아 나의 6번째 시집 『수색쪽 하늘』에 수록했다.

마) 나의 독서체험과 시인이 되기까지

5학년 때 어느 날 고개 너머 사시는 우리 할머니 남양 홍씨께서 학교 다녀오는 길에 홍 면장 댁(할머니의 친척)에 들러 『임꺽정』전을 빌려다가 읽어다오. 그래서 나는 난생처음 소설을 접했다. 벽초 홍명희 선생의 『임꺽정』! 얼마나 재밌게 보았던지 지금까지 백정의 아들 임꺽정을 비롯하여 서림이 황천황 둥이 박유복 이봉학 등등 청석골 7두령 등장인물, 장면 장면들이 눈에 선하다. 서점이나 책방은 없었지만 사강 장날이면 책을 대여해주는 노점상이 있어 중학교 1학년 초봄 처음 빌린 김내성의 『청춘극장』 1권, 너무 재밌어 밤새워 그다음 날 등교 시까지 다 읽고 까마득히 5일장을 기다리던 기억이 생생하다. 김내성의 탐정소설, 방인근의 연애소설, 민태원의 번안소설 『무쇠탈』 등등 본격적으로 소설 읽기에 빠져 공부 시간에 몰래 읽다가 선생님한테 몽둥이찜질을 당하기도 했건만 개의치 않았다. 고등학교에 가서는 국내외 여러 작가를 접했지만 주로 심훈, 헤르만 헤세를 즐겨 찾아 읽었다.

전기도 없고 아무런 문화시설이 없는 시골학교 선생은 너무 심심하다. 그래서 나는 빈 시간을 채우기 위해 월간 『현대문학』지를 장장 10여 년간 장기 구독해 읽었다. 거기서 나는 많은 한국작가와 시인을 만날 수 있었다. 그러나 즐겼을 뿐 감히 시인이나 소설가는 꿈꾸지 못했다. 그렇지마는 학생들에게 시를 가르치든가 시를 지어오라고 숙제를 내었을 때 나는 부끄러웠다. 내가 시인이었으면 더 당당하지 않겠는가 하는 반성으로 시 습작을 거듭했고 어느 정도 자신감이 들었을 때 박목월 선생을 찾아갔다.

[박목월 선생님과 경주에서]

[위 : 박두진 선생님과 탐석을 하면서(남한강)
아래 : 정한모 선생님(상단 우측)과 오세영, 이건청
시인 등 (한국시인협회 경주 세미나)]

우선 화성의 서쪽 끝 벽지에서 찾아왔다는 데 놀라움을 표하셨고 들고 간 작품에 대하여 '시는 감각으로 쓰는 기라'는 귀한 말씀을 주셨다. 그때 들고 간 작품이 신춘문예 응모작 5편 중에 포함된 「시계수리공」과 「소금」, 나의 첫 시집 『나의 친구 우철동씨』에 실려 있다.

[송산 온새미로 동인들]

[유수진 시인에게 사진을 설명하는 중]

바) 육성동인 활동

내가 데뷔하던 해 교지를 편집하여 이를 서울 보진재인쇄소에 맡기고 교정을 보러 가서 화려한 한복 차림의 허영자 시인을 만났다.(수인사도 없이) 그 뒤 교지를 싣고 내려온 사람이 시인 임영조였다. 그는 날 보고 신춘문예 당선 시인 정대구가 맞냐며 신춘문예 출신끼리 동인을 묶자고 제의했고 그 2년 뒤 내가 서울 충암고로 올라가면서 동인 활동이 시작되었다. 소위 『肉聲』동인! 멤버는 임영조, 임홍재, 이인해, 그리고 나 정대구였다. 나를 제외한 세 사람은 시내에 직장을 갖고 있어 거의 매일같이 퇴근 후에 만나 나를 불러냈지만 무학재 고개 너머 변두리 응암동에 고교 교사라는 바쁜 직장을 갖고 있는 나는 한 달에 한두 번이나 만났을까. 하지만 서라벌예대 출신인 임, 임 두 시인을 통해서 문단에 현역 시인 작가들을 많이 만날 수 있었다. 동인들과 함께 내 석사논문집 『김수영 연구』를 들고 도봉구 도봉동 '김수영묘소'를 찾기도 하고 나의 고향 화성군 송산 서신 일대를 답사하기도 했다. 그리고 모임에 가장 적극적인 임홍재의 권유와 주선으로 그의 근무처인 새마을운동본부 사무실에서 나의 첫 시집 『나의 친구 우철동씨』를 편집하여 현대문학사에서 출판했고 하와이대학에서도 종로서적으로 10권씩 주문이 들어왔다는 둥 시집이 3개월 만에 매진되는 성과를 올렸다. 동인지『肉聲』은 제 3집까지 내고 가장 열성적이었던 임홍재가 불의의 사고로 디계히는 바람에 『肉聲』동인은 해체되고 나 역시 문단 교류가 단절되고 문단의 중심권 진입을 원치도 안 했지만 아웃사이드에서 놀다가 고향으로 귀향하여 『온새미로』동인 후진들과 함께 현재도 변방에서 시 창작 활동을 계속 이어나

가고 있다.

독자들이여, 나처럼 얼치기 시인이 되지 말고 처음부터 치열하게 시 창작에 전력투구하는 전업 시인으로 우뚝 서기를 바라며 어설픈 이 글을 마친다.

[문인들과 중국 여행, 위 : 나,창비 사장, 아동문학가, 이문구 작가, 조태일 시인, 염무웅 평론가, 이근배 시인. 아래 : 김윤식 교수, 김종해 시인, 임영조 시인, 여류 시인]

정대구

경기도 화성 출생(1936) 문학박사(숭실대)
1972년 〈대한일보〉 신춘문예 시부문 당선.
시집 『칼이 되어』 『흙의 노래』 『위대한 김연복 여사』 『구름과 놀다』
　　『바쁘다 봄비』 『만날 수 있을까』 외 다수.
산문집 『녹색평화』 『구선생의 평화주의』 연구서 『김삿갓 연구』
jungdg72@hanmail.net

조향순 시인의
고양이와 산다

조향순 시인의
고양이와 산다

#2. 아들 하나, 딸 하나, 손자 둘

조향순 시인

[단란한 가족, 나는 이들의 집사]

인연因緣이란 사람과 사람 사이에만 해당되는 말이 아니다. 동물이나 식물 그리고 자그마한 사물과의 인연도 우연한 일이 아니라 우리 모르게 아주 이전부터 보이지 않게 이미 연결되어 있다가 드디어 어느 날 만나고 헤어지는 모습으로 보여주는 것이다.

10년 전, 18년간 키우던 강아지가 떠났다. 그가 남기고 간 흔적들을 보면서 나는 며칠 동안 눈이 퉁퉁 붓도록 그야말로 대성통곡을 했다. 다시는 동물에게 정을 주지도 말고 눈조차 맞추지 말자고 다짐을 했다. 그러나 반년이 못 되어 그 다짐은 속절없이 무너지고 말았다. 청소를 하려고 열어놓은 창문으로 남매인 아기 고양이 불이와 또또가 아주 자연스럽게 살그머니 들어왔으니 인연이란 게 이렇다. 한 달 가량은 책장이나 옷장 뒤에 숨어서 도무지 모습을 보여주지 않아 유령고양이가 되는 게 아닌가 석성했는데, 여섯 달쯤 지난 어느 날 잠을 자다가 간지러운 콧김 낌새를 느끼고 눈을 떠보니 불이가 콩콩, 내 발 냄새를 맡고 있는 게 아닌가. 됐다! 그로부터 '우리'가 되어 이제는 그야말로 희로애락을 같이하는 관계로 살아가고 있으니 인연이란 건 내가 억지로 만드는 것이 아니라 이렇게 바람처럼 불어오기도 하고 가기도 하는 것이다.

오빠인 불이와 여동생인 또또가 실내로 들어와 같이 살게 되었지만 앞서 고양이를 키워 본 적이 없는 나는 그 방면에 아는 게 별로 없었다. 매일매일 갈팡질팡 우왕좌왕하는 중에 또또가 새끼를 낳고 말았다. 남매인 이들이 사고를 친 것이다. 그야말로 아연실색, 정말 나는 어떻게 할 줄을 몰라 여기저기 전화를 걸고 거의 제정신이 아니었다. 그때 또또가 낳은 새끼가 숯땡이와 금땡이다. 그러니까 숯땡이와 금땡이는 불이와 또또의 아들들이며, 그로부터 나는 이 가족들의 종신 보호자 겸 집사가 되고 말았다.

애비인 불이는 나를 부를 때 마치 송아지처럼 '음~마'라고 한다. 이를 '엄마'로 알아듣고 나는 불이를 부를 때 '아들'이라고 한다. 불이가 아들이면, 또또는 '딸'이 된다. 물론 이들이 사고를 치긴 했지만 본래는 남매이니 이 촌수 매김이 그다지 틀린 건 아니다. 금땡이와 숯땡이는 아들인 불이의 자식들이니 손자에 해당된다. 그러니 나는 아들 하나, 딸 하나, 손자 둘을 모시고 사는 셈이다.

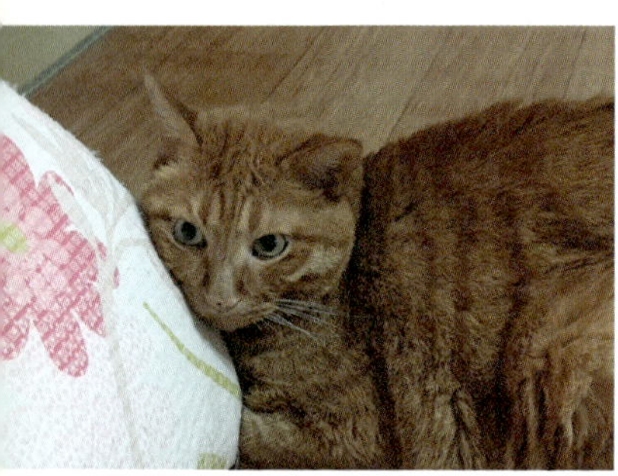

[아들 '불이']

[딸(며느리?) '또또']

[손자 '금땡이']

[손자 '숯땡이']

닦아주고 눈곱 떼주고 털 빗어주고 먹이고 치워주고 청소하고 그러다 보면 하루가 길지 않지만 이들이 있어서 집 안이 늘 그득하고 살아있다. 기를 펄펄 살려주었더니 이들은 여느 고양이들처럼 살금살금 다니지 않고 당당하게 쿵쿵 소리를 내면

서 다닌다. 다른 집 고양이들이 정물이나 사진이라면 우리 집의 이 가족들은 동영상이다. 아주 날아다닌다. 책장과 옷장과 심지어는 스탠드형 에어컨 위에까지 올라가서 빤히 내려다본다. 방마다 문을 다 열어두고 어디든 통과할 수 있도록 길을 터주었더니 아래층에 있어 보면 위층에서 숯땡이와 금땡이가 레슬링을 하는지 달리기를 하는지 우당탕거리는 소리가 장난이 아니다. 여기저기 모양이 다른 스크래쳐를 놓아두었지만 또또는 소파를 긁어서 내용물이 빠져나오고, 불이는 선풍기 선이나 휴대폰 충전기 선을 야금야금 토막 내고, 금땡이는 이불이나 베개를 물어뜯어 너덜너덜하게 만들고, 숯땡이는 물을 쏟고 사료를 쏟는 등 매일 같이 이 소동이니 나는 얘들을 말리고 쫓아다니느라 힘이 드는 건 사실이다. 물티슈로 그들의 눈곱을 떼주면서 가끔씩 물어본다. '나는 너희들에게 이런 수고를 하는데, 너희들은 내게 뭘 해줄 건데?' 나를 빤히 쳐다보기만 하는 그들을 대신해 내가 답해준다. '우리는 행복을 주잖아요.' 맞다. 그래서 나는 이들이 어떤 저지래를 해도 '아주 잘했어요.' 하고 박수를 쳐준다.

나는 이 고양이 일가들 때문에 긴 외출을 하지 못한다. 한참만 자리를 비워도 모래가 쏟아지고 물그릇이 엎어지고 난장판이 된다. 그러나 사실은 그런 것들이 걱정이 되어서라기보다는 내가 없는 동안 혹시나 얘네들이 불편하거나 나를 필요로 하는 일들이 생길까 봐, 하는 염려 때문이다. 고양이들 때문에 시간에 쫓기며 늘 안달하는 나를 보고 사람들은 왜 사서 고생을 하느냐고 묻는다. 무엇 때문이라고 말로는 답할 수 없다. 직접 경험해봐야만 답을 얻을 수 있으니까. 언젠가는 연재된 이 글들을 모아서 이들과의 일상을 담은 앨범처럼 책으로 묶어 더 많은 사람들에게 보여주며 내가 이들과 사는 이유로 내놓을 예정이다. 우선 내가 그들에게 기울이는 까짓 수고보다 그들이 내게 주는 것이 훨씬 더 많다는 것만 얘기해 준다.

[다정한 불이와 또또]

조향순

1977년 〈영남일보〉 신춘문예 당선.
한국문인협회 문경지부장 역임.
시집 『꿈은 꿈대로』 『풀리는 강가에서』
산문집 『말 붙잡기』 『빈자리에 고인 어둠』
창작 강의록 『쓰고 읽고 우리는 늘 만납니다』

시마詩魔

I

김지란　김관식　박세환

박철우　박춘희　성정희

심승혁　김완수　윤서주

이명숙　정성수　최교빈

한성운　황세아　이종근

(가나다 순입니다. 펼침편집으로 순서가 바뀐 것도 있습니다.)

사리

김지란

물의 표정을 읽는다

바다가 문을 닫는 시기

쓴 울음 삼키던 이들

사리가 되면 새벽바람 지고 갑판에 오른다

바다는 길을 트고

핏속 떠돌던 알코올 갯바람에 녹을 때 즈음

어군탐지기가 점지해준 곳에 닿는다

어망을 던져놓고

바다 가까이 허리를 숙인다

파도의 숨소리가 적힌

펄떡이는 바다의 경전

달빛이 흘려 쓴 법어를 새긴다 젖은 가슴,

몇은 손가락을 보시하고

보름간의 수행은 끝이 난다

세상을 피해 바다로 나갔다가
파도의 아가미를 달고 돌아오는 사람들
물때 맞춰 조금엔 다시 땅에 발을 붙인다

급속 냉동된 탱글탱글한 눈알
바다의 사리舍利들
차가운 경매장 바닥에 가지런히 누워
적멸에 들면
한 말씀 듣고자 사람들이 모여들 것이다

사리가 되면
바다 일주문이 절로 열린다

2016년 〈시와문화〉 등단. kcn1014@naver.com

붉나무 열매

김관식

바닷가에서
살고 싶었다

뻘났다
불 붙었다
붉나무 열매

가지 끝
흔들흔들
갯바람
하얀 소금

가을
염전

열매마다 꼭꼭
바다가

들어앉았다

숭실대학교 대학원 문예창작학과 박사과정 수료.
1976년 〈진남일보〉 신춘문예 문학평론 등단.
1998년 계간 〈자유문학〉 신인상 시 등단.
저서 동시집 『토끼 발자국』 외 13권, 시집 『가루의 힘』 외 11권,
문학평론집 『한국현대시인의 시세계』 외 7권 등 다수.
계간 〈백제문학〉, 〈남도문학〉, 〈가온문학〉, 〈나눔문학〉 신인심사위원.
황조근정 훈장. 국제펜 한국본부 이사, 나주문인협회 창립회장 역임.

마흔 살에

박세환

긴 터널을 지나는 헐벗은 달팽이

뿔 위에 달방 얻어

불안의 밑실 의심의 윗실 실톳에 걸고

방세 대신 넝마를 기워 주던 거미

빛으로 나오자마자 사라졌다

카오스를 걸친 채 더디게 걷던

십 년의 여정이었는데

어디로 자취를 감춘 걸까?

달팽이관에 똬리 틀던 유혹은

나이테만 남긴 채 줄달음치고

바늘귀에 들리지 않던 희망은

폴짝폴짝 축배를 재우치나니

구멍가게에서 방문한 소주병 뒤꿈치가

방바닥에 너부러진 내 팔꿈치와 합일하는 순간

유리 세상 속 은하수가 소용돌이치며

불혹이란 우주를 일으켜 세운다

마흔,

이제 미혹의 옷을 벗는다

한국작가회의, 한국소설가협회 회원. tibet@kakao.com.

활活

박철우

교회 앞 잡풀이 무성하다

어디서 왔는가

풀밭에 스러진 새 한 마리

신의 노여움을 샀다

속도를 이기지 못하고

벽에 머리를 처박았을 것이다

그 미련함으로

생의 이기체리를 씻고 싶었는지

꺾어진 날갯죽지

가까스로 두 손 모아

참회의 기도를 올릴 때

포실한 몸뚱이가 애처롭다

성가대의 노랫소리

벽을 타고 붉게 흐르면

잡풀이 한바탕 춤을 추고
장례가 끝이 난다

꼭대기 솟은 십자가는
두 팔 벌려 말이 없고
천공이 구름 뒤 얼굴을 가리면
십자가 위로 새들이 비상飛翔한다

ba-bo-na-ra@daum.net

태太

박춘희

끈으로 작태한 저녁 해가 걸려있다.

그 눈알 속으로 꾸덕꾸덕 이름들이 말라 간다

두들기는 방망이에 살점이 터져 펴지는 동안

샛노란 구름이 얼다 녹았을 황潢

천장에 매달려

빌고 비는 복을 먼지에 쌓았을 건乾

물 위를 올라 뻐끔뻐끔 입질을 놀리다

꼬치에 가슴 꿰어 펄럭이는 명明

덕장의 어스름이 누르고 연해질 때

귀머거리 삼년, 봉사 삼년, 벙어리 삼년이

눈알 굴리다 얼부푼다

펄쩍펄쩍 뛰어오르던 싱싱한 생生이 아련히 저물고 있다.

갈고리에 달린 초승달이 무섭다.

한국문인협회 회원, 아산문인협회 사무국장, 〈윤슬〉 시낭송 아카데미원장.
jpbfood5954@naver.com

바나나

성정희

겉치레로 구부리는 것이 아니고
심지까지 겸손하게
언제나 묵례하는 너에게는
성정性情이 불같은 자도
차갑고 날카로운 과도果刀를 준비하지 않고
체온을 느끼게 스킨십을 한다

시퍼런 청년의 때를 지나
검버섯 점박이가 늘수록
달곰하고 부드러워
까다로운 혀를 가진 주인
식탁 자리 앉혀주니
듣는 귀 외롭지 않고

독설도 충고도
거슬리지 않게 말랑하고
꼰대 소리 듣지 않고

어린아이도 어른도

친구가 되게 하는 것은

가장 맛있게 익어가는 것이다

2019년 〈한국문인〉 시 등단. gogoiyo@naver.com

모순의 시간

심승혁

어릴 적 그 집은 6시간이었다

휘청휘청 고갯길 시작부터 울렁대던 가슴에
속을 비워가며 두드린 여자의 등이 도착한,
그 집은 여자를 벗은 소녀의 어린 시절로 반기고
큼지막한 그녀들의 웃음에 6시간이 고마웠다

과거가 길을 낡게 할수록 쭉쭉 뻗는 유혹,
시간은 고속으로 뚫리고 2시간이 사라져 갔다

편히 갈 수 있는데
이제는 빨리 갈 수 있는데
더 이상 웃음이 없어진 여자의 그 빈 집은
2시간의 공백만큼 매일 무너져 소녀를 잃어가고

점점, 2시간도 허락지 않는 땅속을 나는 세상

시간은 달리기만 고집하여 사람까지 저 먼,
옛것으로 남기고서 줄어가는 시간의 개수를
여자에게 희끗희끗 쌓고 있다

여자의 눈으로 잃어버린 시간이 침침하게 흐른다

제10회 〈백교문학상〉 우수상, 제10회 〈강원경제신문〉 누리달공모전 대상.
sshkbg@naver.com

쇠눈

김완수

소의 굵은 눈망울엔 달덩이가 떠 있다
천 근 무게 눈물에도 기울지 않는 꿈이
흑옥을 지닌 힘같이 천공天空에 박혀 있다

한여름 노동판을 거방지게 걷는 게 꿈
하루살이 파흥에 눈 하나 끔쩍했을까
눈물길 마를 때까지 소는 꿈만 일구는데

맷집 좋은 밤더위가 어깻등을 올라타면
선잠에서 깨나려 죽비 스스로 들고
매인 뜻 날름 핥으며 외길 꿈 곱씹는 소

숨기척 순한 꿈이 마당까지 훤한 건
쇠눈에 떠오른 달이 둥글기 때문이지
쇠눈엔 입적한 고승의 눈부처가 사는지

2013년 〈농민신문〉 신춘문예에 시조, 2014년 제10회 〈5·18문학상 신인상〉에 시, 2015년 〈광남일보〉 신춘문예에 시 당선, 2016년 《푸른 동시놀이터》(푸른책들)에 동시가 추천 완료. 2015년 제2회 〈금샘문학상〉 동화 대상, 2020년 제1회 〈글로리 시니어〉 신춘문예에 소설 당선. 시집 『꿈꾸는 드러머』(2019)

입춘立春

윤서주

굵은 밤색 코르덴바지에

진노랑 개나리 빛 카디건을 입고는

형광등을 간다고 책상 위로 올라가고 있었지

그게 첫 모습이었는데 무척 낯이 익었어

어디서 많이 본 듯한 얼굴이어서가 아니라

전생의 어디쯤서 만났을 것 같은 느낌으로

나도 모르게 미소가 배어나왔어

긴 겨울을 지나 봄에 당도했다는 걸

본능적으로 알았던 거야

허락도 없이 담장을 넘어 핀 개나리꽃처럼

마음에서 겨울을 꺼내고 봄을 넣어주었던 거야

2016년 계간 〈시원〉 등단. starbox77@naver.com

악마의 나팔꽃

이명숙

이 별에 위리안치

해배

나흘전이라면

악마는 나를 위해 프라다를 입어라*

그리운 귀신을 위해 첫 문장은 쓰련다

독기 물고 피운 꽃

끝은

치명이 정석

사랑은 사람의 일, 신은 차마 믿지 마

당신이 묵음인 동안 나는 나를 믿었지

미생은 미생이라 빛나기도 하련만

미완은 미완이라 허무만 흐벅지지

맨살에

달빛 걸치면

꽃은 필까, 피련다

* 메릴스트립 주연 영화 「악마는 프라다를 입는디」 변형.

2014년 〈시조시학〉, 2019년 〈문학청춘〉 시 등단. 2019년 〈한국동시조〉 신인상.
시집 『썩을,』 『강물에 입술 한 잔』

배롱나무 연가

정성수

덕진연못가에 백년 묵은 배롱나무가 봄비에 젖고 있었다. 가지마다 딱딱하게 마른 슬픔이 새 혓바닥 같은 잎을 밀어내고 있는 동안 나는 새들의 울음이 새겨진 고백의 연대기를 채록했다.

늙은 배롱나무의 지난날은
구 할이 바람이었다
날아든 벌 나비들을 마다하지 않고
뜨겁게 품어줬다
칠월에서 팔월을 건너가는 염천에 피고 지는 배롱꽃들이
시들기도 전에
또 다른 꽃들에게 손을 뻗기도 했다
부끄럽고 쓰라린 기억 뒤로
여름이
철없이 철없이 가고
남은 것은 다만 회한뿐이었다

빗속에서 배롱꽃들이 후드득 지고 서쪽 하늘에 검은 새 한 마리 마침표를 찍고 있었다. 비에 젖을수록 선명해지는 지난날들이 간지럼을 태워달라고 온몸을 비트는 것이었다. 맥없이 주저앉은 옛집 같은 배롱나무가 …

전) 전주대학교 사범대학 겸임교수. 〈세종문화상〉. 〈소월시문학대상〉. 아르코문학창작기금수혜 외 다수. 〈울산광역매일〉, 〈한국영농신문〉, 〈내외매일뉴스〉, 〈전주일보〉, 〈전민일보〉 연재 중.현) 향촌문학회장. 사)다문화발전협의회장. 전주비전대학교운영교수.
jung4710@hanmail.net

드라마

최교빈

우아한 음악이 흘러나온다
그래, 슈베르트의 송어 정도가 좋겠구나

빨래를 개면서 오후 식사 생각을 한다
나풀거리는 먼지 그리고 먼지

털 때는 터는 일만 생각해야지
그래, 마지막 시점에
섬유 유연제를 넣는 걸 깜빡 잊어버렸군

음악이 툭,
끊긴다

다시 우아한 음악이 흘러나온다
그럼 이번에 허밍 정도는 괜찮을까

눈앞에 야외 전축이 있다고 상상해보자
그런 상상은 늘 많은 집중력을 요해
높은 칼로리를 소모하지
금방 또
허기가 지기 시작한다

다시 음악이 뚝,
좀 전에는 그나마 어울리는 끊김이었는데
이번에는
완벽한 불협화음이다

또 우아한 음악이 흘러나온다
어쩜 한치 앞도 모르는 전개

오늘 하루는 희곡적으로

차분하게
암전.

우아한 음악이라고 썼을 뿐인데
세탁기의 멜로디가 고풍 있게
르네상스하게
고독한 아크로바트가 되어

어떤 음악이 흘러나온다
어떤 음악이라고
썼을 뿐인데

무대

암전.

서울예대 문예창작과 졸업. 〈김장생 문학상〉, 〈포항소재문학상〉, 〈푸른인재상 수상〉.
poem@kakao.com

거짓 선지자

한성운

한 마을에 성자聖者라 칭송받는 이가 살았다

그의 옷은 단벌이었으나 하이타이처럼 깨끗했다

닳은 신발 굽은 요란한 소리를 내지 않았다

그의 시詩는 부드러워 상한 심령들을 쓰다듬었고

가출한 아이들을 비둘기처럼 돌아오게 하기도 했다

집집의 서가書架에는 그의 격언집이 꽂혀 있었고

예배마다 자주 그의 잠언箴言들이 인용되었다

번역할 수 없는 방언 같은 그의 노래는

오래 병들어 누운 자를 벌떡 일으켰으니

마을의 확성기에선 아침부터

그가 만든 노래가 새마을운동처럼 울렸다

간혹 그가 고급 스포츠카를 모는 폭주족이며

여성 편력이 심하다는 소문이 돌기도 했으나

그는 성욕조차 없는 자, 성자였으므로

마을의 아낙들을 끌어안고 볼과 이마에

입맞춤을 하여도 사내들은 질투하지 않았다

그런 그가 주술사였고 그의 기적이

흑마법이었다는 소문이 돌자 그는 하루아침에 죽었다

그의 부음訃音을 사람들은 쉽사리 믿으려 하지 않았고

그저 자는 것이라 생각하는 이들도 있었지만

그의 노래를 그의 귓가에 들려주어도

그는 끝내 일어나지 않았다

수치를 못 이겨 그가 자살했다는 이야기도 들려왔다

살아생전 그는 밤마다 알 수 없는 주문呪文을 외웠고

사람들의 마음을 사로잡는 문장은 공중에서

검은 손이 내려와 그의 이마에 적어 주고 간 것들이라고도
했다

그의 노래를 들으면 귀가 멀고

그의 글을 읽으면 서서히 미치게 된다는

정신과 의사의 진단이 있었으나

그건 정신병에 걸린 자의 오진이라 여길 뿐

아무도 그가 누구였는지 의심하는 사람은 없었다

그의 책은 여전히 그 마을의 권장도서였고

그가 만든 노래를 흥얼거리며 아이들은 어른이 되었다

2020년 〈월간문학〉 등단. swhan0191@gmail.com

갈치

황세아

수산시장, 시끌벅적한 길을 가다 보았지

좌판의 도마 위에서 축 늘어지거나 토막

토막 몸을 나누는 놈들

문득 성마름의 칼날로 할복하고 우르르

그물 밖으로 쏟아져나온 시간들이

보일 듯한 거 있지

"대의를 꺾느니 차라리 내 목을 쳐라!"

무슨 연유인지 서슬 시퍼런 이 말이

내 머릿속을 헤엄치기 시작했어

회칼에 전신이 조각나도 미동 없이

은비늘 빛내며 당당히 저며져 눕는 저 위용!

파도의 숫돌에 짱짱하게 날이 선

이 무사들! 지금 내 혀 위에서

사르르 몸을 푸는 살점의 짭짤함도

이들의 농도 짙은 결의의 맛일 거야

그래, 이젠 알겠어 접시 위에 담긴

요 회 한 점이 시장 안으로 무수한 장바구니들을 부르고

바닷속 고요의 끈, 뭉텅

뭉텅 끊어다 세상을 해일로 뒤엎기도 한다는 걸

평소 우유부단한 내 이齒들이

오늘은 웬일인지 단호히

씹고 또 씹는 은갑옷

과 이 물렁물렁하고 탄탄한 속!

2020년 〈뉴스앤제주〉 신춘문예 시 당선. lipali@hanmail.net

오늘은 웬일인지 단호히

씹고 또 씹는 은갑옷

과 이 물렁물렁하고 탄탄한 속!

나의 바캉스

이종근

#1 의도된 연출

8월 입추인데 서울은 섭씨 34℃를 웃도는 땡볕 아래 전쟁터이다

여름 휴가비는커녕 가족 화투에 개평도 얻어내지 못한 나는 불온한 병사가 되어 병영에 잔류키로 했다

<용감한 내가 허약한 빈집을 지킬 테니 걱정하지 말고 편히 잘 다녀와요>

#2 소셜 네트워크 서비스의 위력

피난민이 되어 남하에 성공한 아내와 처가 식구는 눌차도[1] 천지에 깔린 굴쩍 삐까리 위에 텐트를 치고 있다 저 반대편의 진우도[2]를 향해 선외기처럼 헤엄을 치며 도둑게를 쫓고 방석고동을 줍고 있는 타임라인을 페이스북으로 속사포처럼 보내왔다

주저 없이 나는 남쪽의 뉴스피드 섬으로 '좋아요'를 누르고 댓글이라는 항복의 봉수를 알렸다

<엄청 부러워요, 나도 따라갈 걸 그랬어요>

#3 시나리오 속에 숨겨 둔 음모

가마솥 끓는 더위가 쏟아지는 듯 태양광선에 나는 배수의 진을 치고 결사항전을 벌인다 이윽고 우르릉 쾅하고 먹장구름의 소낙비가 마른바람 속에서 한바탕 춤을 춘다

네 시 사십 분의 눈꼬리처럼 절묘하다 나의 바캉스는

서글픈 동맹군이 포효하는 진군의 태평소이다 나발이랑 북소리로 흥겨운 취타대의 퍼레이드이다

<당분간 혼자서라도 이 전율과 희열을 동시에 만끽하고 싶어요>

#4 인증 예식과 자유 삼매

관악 문화도서관 한쪽의 카페 오아시아[3]에서 한옥, 구경[4]하다가 바로 앞 대웅전 처마 끝에 주룩주룩 쏟아지는 소낙비에 다 문화 냄새를 눈으로 맡는다

아이스 아메리카노 한 잔을 얻기 위한 비상으로 둔 지폐를 지불하고 거머쥔 현금영수증과 대기 진동벨은 국제 인권규약의 협약서와 같다

이곳만큼은 나 또한 독서를 핑계로 지위를 인정받은 염서(炎署)의 난민일 뿐

<아~ 이게 좋아요, 누구도 나의 한가로움을 건드리지 말아요>

#5 끝없는 가족 게임의 재개

휴전과 평화협정의 사이에는 게임의 룰에서 상대를 두고 인정을 하느냐 마느냐에 잣대가 주어지든 말든 용감한 내가 허약한 빈집을 지키고 있디

서울 벙커로의 아내의 귀휴는 나의 카타르시스와 자유삼매의 종결이다

<아쉽지만 담에 또 만나요, 그리워질 거예요>

1), 2) 부산 가덕도에 속한 작은 섬.
3) 'cafe oasia' 결혼 이주 및 취약 계층의 여성들이 바리스타로 채용되어 경제적 자립을 돕는 다문화가정의 사회적 협동조합.
4) 『한옥, 구경』(2014), 행복이 가득한 집 편집부에서 발간한 책.

2016년 계간 〈미네르바〉 등단. 2017년 제1회 〈서귀포문학작품공모전〉 시부문 당선. 2019년 제2회 〈박종철문학상〉 시부문 최우수상. onekorea2001@naver.com

詩
읽는
계절

박 수 빈

_시 익는 계절

시 익는 계절

박수빈 시인

요즘 나에게는 산책하는 즐거움이 있다. 예전에는 왜 그리 여유가 없었는지 동네 주변을 거닐며 새삼 그동안 무심했던 광경들을 본다. 오솔길이나 샛길은 은밀한 구석이 있고 직선을 에두르며 수평으로 사고의 전환을 보여준다. 바람이 불면 푸른 잎들이 스치는 소리는 청량하다. 번잡한 것과 거리를 두고 걷다가 나리꽃을 만났다.

여덟 살 때 나리꽃 화신을 본 적 있다

바위 뒤에 숨어서

긴 머리카락으로 맨몸을 가리고 있던 나리꽃

내려다보이는 사거리 바보식당을 가리키며

옷가방을 갖다달라던

암술이 긴 속눈썹

손에 꼭 쥐어 주던 쪽지도

나는 계곡으로 던져버리고

뒤도 돌아보지 않고 달음박질쳤는데

그 쪽지는 급물살 타고 아득히 멀어져갔는데

사십 년이나 지난 지금까지도

옷을 달라고 속눈썹 깜빡이는 여자

그 바위 뒤에서 벌거벗은 채

마흔 번의 겨울을 어찌 다 견뎠는지

늙지도, 죽지도 않고

그 붉은 루즈도 닦지 않고

주근깨 몇 개 기만히

붉은 입술에 섬처럼 떠올라 초조한

내가 처음 본 여자의 몸, 나리꽃 화신

– 천수호, 「나리꽃」 전문

무슨 사연으로 봉변을 당했을까. 나리꽃으로 은유 된 여자가 "바위 뒤에 숨어서/ 긴 머리카락으로 맨몸을 가리고" 떨고 있다. 오죽했으면 발가벗겨진 채 뛰쳐나가 바위 뒤에 숨었을까. 다행히 화자인 아이에게 도움을 청했지만 "여덟 살" 아이는 무서워서 뒤도 돌아보지 않고 달아난다. 갑자기 마주친 성숙한 여자의 알몸에서 어른들 세계의 불행과 공포를 느낀 것이다. 자신의 철없던 저버림에 가책을 느끼며 화자는 여인에게 나리꽃이라는 옷을 입혀준다.

충격적인 목격은 오래가는 법이어서 "그 바위 뒤에서 벌거벗은 채/ 마흔 번의 겨울을 어찌 다 견뎠는지// 늙지도, 죽지도 않고" 화자에게 애원하는 것 같다. 그때 여자에게 옷가방을 갖다 주었다면 상황이 달라졌을까? 그 후로 여자는 어찌 되었을까? 나아가 세상에 고통받고 도망치는 여자가 단지 이뿐이겠는가. 벗겨진 채 쫓기는 여자들 앞에 머뭇해진다.

듣는 것은 귀를 열고 귀를 기울이는 일이며 타인과 감응하는 일이다. 연민을 품는 일이자 세계를 확장하는 일이기도 하다. 잘 들으라고 귀는 하나가 아니라 둘인가 보다. "마흔 번의 겨울"이 지나는 동안 돕지 못한 미안함이 무르익어 가면서 시가 되었다.

시가 무르익어 가는 경우는 또 어떤 것들이 있을까. 음가(音價) 따라 발음하다가 '시 읽은 계절' 의 편성을 '시 익는 계절'로 부르고 싶다.

눈부시게 아름다운 5월에
모든 꽃봉오리 벌어질 때
내 마음속에도
사랑의 꽃이 피었어라.

눈부시게 아름다운 5월에
모든 새들 노래할 때
불타는 나의 마음
사랑하는 이에게 고백했어라.
        ― 하인리히 하이네, 「눈부시게 아름다운 5월에」 전문

슈만이 곡을 붙어 더 유명해진 이 시는 무미건조하게 사는 현대인들에게 지극한 사랑을 돌아보게 한다. 권태로워질 때, 사랑이 피어나던 그 시절을 떠올리면 해이해지는 마음에 귀감이 될 것 같다. 편의상 원문을 인용하지 않지만, 독일어 특유의 파

열음이 묘한 뉘앙스로 흡착력이 있다. 눈으로만 읽지 않고 소리 내어 읽을 때 시는 감상이 배가된다. 청각을 통해 읽는 이의 소리와 화자의 발화가 어우러진다. 리듬을 타고 감응을 하면 감수성 예민한 청년 시인의 모습이 겹쳐진다. 사랑에 빠지면 세상이 아름다워 "꽃봉오리" 같고, 마음도 노래하는 새이다.

그러나 하이네의 사랑은 고통스러웠다. "눈부시게 아름다운 5월"에 사랑하는 이에게 "불타는 마음"을 고백했지만, 상대는 거들떠보지 않았다. 실연이 하이네를 본격적인 시의 세계로 이끈 셈이다. 살면서 사람들은 저마다 상처가 있고 아픔을 계기로 사유는 깊어진다. 문학은 장애와 결핍감으로부터 비롯하는 면에서 이 시는 단순히 사랑의 꽃이 피고 고백했다는 이해보다 문학적 계기와 상징으로 받아들이면 아우라가 확장된다. 사람에게는 인정욕구가 있어서 누군가 마음을 알아주면 위로가 될 텐데. 그러고 보니 나는 상대에게 어떠했나.

높은 가지를 흔드는 매미 소리에 묻혀
내 울음 아직은 노래 아니다.

차가운 바닥 위에 토하는 울음,
풀잎 없고 이슬 한 방울 내리지 않는
지하도 콘크리트 벽 좁은 틈에서
숨 막힐 듯, 그러나 나 여기 살아 있다.
귀뚜르르 뚜르르 보내는 타전 소리가
누구의 마음 하나 울릴 수 있을까.

지금은 매미 떼가 하늘을 찌르는 시절
그 소리 걷히고 맑은 가을이
어린 풀숲 위에 내려와 뒤척이기도 하고
계단을 타고 이 땅 밑까지 내려오는 날
발길에 눌려 우는 내 울음도
누군가의 가슴에 실려 가는 노래일 수 있을까

— 나희덕, 「귀뚜라미」 전문

해찰하다가 문득 떠오른 시이다. 감정선이 지극해지면 울음
이 터지나 보다. "매미 소리" 극성인 여름에 사람들은 매미 중심
으로 생각하기 마련인데 이 시는 "귀뚜라미"의 입장을 위한다.
귀뚜라미는 울음을 어떻게 승화하나. 노래가 되도록 다듬는 시
간이 절절하게 표현되었다. 화려한 매미 소리와 초라한 귀뚜라
미 소리를 대비하여 진폭이 크다. "발길에 눌려 우는" 귀뚜라미

의 현실은 초라하지만, 인고의 날들이 훗날에 의미가 있기를.

　고된 일상의 우리네 삶도 귀뚜라미와 별반 다르지 않지 싶다. "풀잎 없고 이슬 한 방울 내리지 않는/ 지하도 콘크리트 벽 좁은 틈에서" 귀뚜라미는 비록 지금 하찮을지라도 "나 여기 살아 있다"며 숨 막히는 존재증명을 한다. 경쟁에 시달리기도 하고 뒷말에 억울한 경우도 다반사다. 숟가락 얹어 감투를 쓰기도 하지만, 이 시의 귀뚜라미처럼 변방에서 외로이 무명으로 유명한 이도 있다. 매너리즘에 빠져 있다면 살아도 산 게 아닐 터. 견디는 소리, 귀에 뚜르르……. 마침내 "누군가의 가슴에 실려 가는 노래"가 되었으면. 산책길에 이런저런 마음의 비타민을 먹은 듯하다. 계절이 익어간다. 시가 익어간다.

박수빈

2004년 시집 『달콤한 독』으로 작품 활동.
〈열린시학〉 평론 등단.
경기문화재단 창작지원금 수혜.
시집 『 청동울음』『비록 구름의 시간』
평론집 『스프링시학』『다양성의 시』
연구서 『반복과 변주의 시세계』
현재 상명대 강사.

이린아의
암호를 풀 땐
노래를 불러요

나비 넥타이

이린아 시인

초등학생 때, 엄마는 내가 숙제를 마칠 때마다 이따금씩 동전을 쥐여주었다. 처음엔 그 동전으로 작은 과자나 아이스크림을 사먹었다. 동전은 무심해졌고 무심해진 동전은 제시간에 숙제를 끝내는 습관을 가르쳐 주었다.

그러던 어느 날부터, 나는 무심하지 않은 동전들을 모으기 시작했다.

나는 또래 친구들이 쉬는 시간마다 종이인형에 알록달록한 옷을 바꿔 입혀가며 노는 모습이 부러웠다. 삐죽한 눈, 심술 때문에 하얗게 튼 입술. 친구의 손에 쥐어진 인형은 친구와는 너무나도 다르게 예쁘고 상냥하고 다정했다, 그 친구가 인형을 흔들며 인형의 목소리를 대신할 때면 친구는 한없이 다정해졌다. 낯설지만 당당한 다정들. 나는 나 또한 바꿔 입고 싶은 옷이 어딘가에는 있을 거라고 믿게 되었다.

'종이 인형을 사야지.'

두꺼운 종이에 색이 입혀진 인형들. 바비인형 같은 것은 어린이날에 큰맘 먹고 부모님들이 사주신다 해도, 종이인형은 잘 찢어지고 잘 젖어 어린아이가 모은 용돈에 적당한 장난감이었다. '잘 찢어지잖아', '오래 못 갖고 놀아'라는 종이 같은 말들. 그리고 정말로 아이들이 며칠 갖고 놀다 보면 어깨가 닳고 고리들은 떨어지기 직전이었다. 종이 인형이 우는 연기를 했다가는 흐느적거리다 퉁퉁 불어버렸다.

'그래도 한 번쯤은 나도 꼭 내 옷을 입어보고 싶어.'

나는 친구들을 불렀다. 우리는 모아놓은 동전들을 한 움큼 쥔 채 종이인형처럼 어깨를 풍풍거리며 동네의 작은 서점으로 들어갔다. 그곳엔 바닥부터 천장까지 책들이 붙어있었다. 본분을 잊은 채 마치 지붕을 받쳐야 된다는 듯 모두 벽과 기둥이 된 모양이었다.

생각하면 너무 높은 책들이었지만,

두꺼운 책들이 맨 꼭대기 모서리에 있는 걸 보고는 저것은 언제부터 저곳에서 이 건물을 받치고 있었을까? 어쩌면 책들은 지붕을 뚫고 내리는 비를 바라보거나 한겨울 눈이 펑펑 쏟아지길 바라고 있는 건 아닐까? 하는 생각이 들었다. 온갖 저자들이 모여 내려올 수는 없는, 올라갈 수만 있는 사다리를 만들고 있는지도 모른다는 생각도 했을까.

친구들이 나를 불렀다. 나는 분명 내 이름을 들었지만 섬처럼 쌓인 책들 사이로 걸어가고 있었다. 내 귀와 눈 그리고 내 뇌와 마음이 고양이가 맨 나비넥타이처럼 꼭 양 끝으로 뻗어나갔다. 서점의 문이 열리고 닫힐 때마다 한 끝에서는 예쁜 것들 중에 더 예쁜 것을 찾고자 하는 친구들이 펄럭였고 다른 한 끝에서는 비를 맞고 있는 책과 눈사람으로 뭉쳐진 책들, 그리고 나와 같은 꼬마 책들이 페이지 틈 사이 바람을 끌어와 몰래몰래 얼굴을 펼치며 울었다 웃었다 했다.

　나는 고양이를 안듯 종이인형 대신 작고 얇은 책을 하나 들었다. 노란색 표지에 글자가 듬성듬성한 이 책은 내가 안녕을 물어봐도 될 것 같았고, 종이인형처럼 옷을 바꿔 입지 않아도 내 목소리를 알아줄 것 같았다. 작은 시집 속 공백들은 나에게 대화를 나눌 여지였고 펼쳐 보일 무언가였다.

　서점의 수많은 책들 중 어린 손이 겨우 쥘 수 있었던 작은 시집 한 권. 아무것도 모르던 꼬마는 덜컥 시집을 사들고 왔고 지금도 여전히 덜컥 시집을 사들고 집에 들어가곤 한다. 노란색 시집 한 권은 말할 것인지 읽힐 것인지 사이에서 고민하던 꼬마에게 양쪽으로 잡아당긴 나비넥타이가 풀어지면 하나라고 말해주었고 암호를 풀 땐 안에 있는 시를 노래하고 암호가 풀리면 안에 있는 노래로 시를 쓰게 해주었다.

　낡아 더 노랗게 물든 책과 나는 이제 같은 색의 공백을 가졌다. 종이인형처럼 옷을 바꿔 입지 않아도 내 목소리가 걸쳐왔던 모든 시들을 풀어낼 하나의 나비넥타이로 우리는 탐험하면서 흥얼거릴 것이고 또 겨우 쥘 만한 순간들을 써 내려갈 것이다.

이린아(시인, 뮤지컬배우)
2018 〈조선일보〉 신춘문예 시부문 당선.

시마詩魔
시화전

박용진

안효관

정진용

조재훈

홍철기

사랑합니다

박용진

생일 카드를 만들었다

글자는 삐뚤삐뚤

스티커를 너무 많이 붙여

망했다 그래도

모두 모여 하하 호호

ctaichi@naver.com

파도

안효관

여느 때처럼 너는 밀려왔어

예고도 없이 깊숙하게 말야

그런 널 마주하고 바라보면

감정을 프리즘으로 보는 듯

네가 가져다준 많은 것들이

작고 예쁜 조약돌과 조개들

그리고 정말 아꼈던 모래성

네가 있어 담을 수 있었겠지

놓을 수 없을 것만 같았지만

네가 있어 놓을 수 있었나 봐

dksgyrhks123@naver.com

초대 – 순례자의 교회에서 / 정진용

제주 바람 발로 즐기는 그대
한 숟가락 평화가 쌀밥처럼 그리울 땐
한 사람의 평생소원 깃든 곳으로 오세요.
세상 모든 바람[願] 다 받아주는 곳에
그대의 모든 바람[願] 잠시 내려놓으세요
눈 감고 앉아 한 평의 묵상 오롯이 드세요.
발로 제주 읽는 맛 아주 간간할 겁니다.

시집 『여전히 안녕하신지요?』. nowhereiam0@naver.com

바람이 분다

조재훈

높새바람에 허공이 갈리며
늘 아파하는 애달픈 그대의 얼굴

세상의 우스운 아우성 앞에
마이동풍으로 그저 자처하는
애달픈 푸념 어린 그대

빛바랜 난망의 끝으로
아련히 그대 가슴에 봄바람이 분다.

2019년 〈한양문학〉 시부문, 2020년 〈푸른문학〉 시조부문 등단.
sjmasta@gmail.com

연인 – 홍철기

2012년 〈전북도민일보〉 신춘문예, 2017년 〈시와표현〉 시 등단.
happy74@korea.kr

시집 속
작은 시집

『신발을 멀리 던지면

누구나 길을 잃겠지』

_박 진 이 시인

냇가의 물이 무릎까지 차오를 때

박 진 이

누군, 저 흰 꽃들을
흩날리다 내려앉은 눈송이라고도 하지만
내 눈만 여름을 오래 지나고 있지

물가 줄지어 피어나는
다년생의 꽃들을 바라보다가
나이라는 것이 얼마나 모호한가라는 생각

언젠가 잊어버릴 나이라면
여름은 여기까집니다
꽃들이 서툴게 세상을 떠나는 방식

잠시 졸았는지
아직도 궁금한 게 남았다면 얼마든지 남아도 좋습니다
마흔 번째 여름을 동정하는 버릇

이미 오래전에 꽃들은 가고 없겠지만
8월의 성수기를 자꾸 나눠 갖자는
철 없는 분분紛紛

나는 내 나이보나 너 오래 실아남을 수 없겠지만
어디까지입니까,
8월에게 물어보게 되는

냇가의 물이 무릎까지 차오를 때 듣던
어른들의 이야기
나이에 뛰어든다는 건 정말 끔찍한 거야

물고기 계단

두 마리 물고기가 벽화를 따라 계단을 내려옵니다.

계단은 어디로 흘러가나요. 상류란 항상 거슬러 올라가야 하나요. 고인 강물을 내려오는 물고기의 몸이 툭툭 잘려있습니다. 하루도 쉬지 않고 흐르는 계단은 몇 급의 하천인가요.

매일 계단을 오르는 노인은 몸을 틀거나 쉬면서 계단을 올라갑니다. 이 물길은 아주 오래전에 설계된 것입니다. 수백 번 숨을 살라야 오를 수 있는 외길

위쪽에 하필 집을 두었습니다. 태풍이나 파랑 그런 것들은 먼 곳에서의 일입니다. 노인은 물속으로 가라앉는 듯하다 이내 다시 떠오릅니다. 언제나 떠났지만 어디에도 닿지 못합니다.

노인은 한 발 한 발 어렵게 물길을 빠져나갑니다.

팽팽하게 당겨진 수면 위로 튀어 오른 물방울들은 육지로 나온 물고기처럼 펄떡입니다. 노인은 물고기와 같은 방향으로 걸어갑니다.

계단에 귀를 대면 헐떡헐떡 물 흐르는 소리

바래다줄게

바래다줄게, 꽃 피는 근처까지

막 햇빛이 다녀간 벤치에 앉아
지루한 발밑에서 절걱거리는
돌멩이 소리를 듣곤 했지
문득 새들이 날아들었다 흩어지고

갓 쌓인 눈에 발이 잠기는 순간까지만
바래다줘
말을 걸지 않았다면
이곳까지 올 일도 없었을 거야

어디?
오래된 질문이 마음에 들어

이따금 고개를 들어 올려다보면
새들이 꽃나무를 흔들고 지나가는
여기 어디였는데
꽃나무 성긴 가지 틈으로

내 나이가 비치던

바래다줄게, 긴긴 봄
눈가가 붉어지는 그곳까지만

주먹 쥔 나이

내가 아는 가장 먼 과거

벽에 걸린 대형 달력에는 그해의 열두 달이 모두 나와 있었어. 음력의 날짜 속에 나는 아주 작게 쓰여 있었지.

생일날 동그라미를 그려 넣고 며칠이나 남았는지 세어 보지 않았지만 나는 아직 멀었거나 한참이나 지나 있었지.

봄에 여름을 사는 나를 여섯 살이라고도 하고 일곱 살이라고도 했어.

나는 남는 달, 그러니까 내가 계절의 변화에 어긋나는 것은 필연적인 일. 윤달에 태어난 내 생일은 왜 매년 돌아오지 않는지. 손등으로 달을 세어 보았어. 주먹 쥔 왼손에 불쑥 튀어나와 있는 달의 주머니 속에는 아직 태어나지 않은 달의 뼈가 만져졌어.

오른쪽부터 큰달 작은달 큰달 작은달 세어가다 보면 오래전의 나는 위험하고 불길한 징조였다는 것,

여전히 주먹 쥔 나이라는 것.

간주

돌아보니 1절로 끝난 일이 참 많다. 따라 부를 가사 한 줄 없는 지루한 간주도 없었다. 어쩌다 2절까지 이어지는 때에도 고개 대신 발끝을 까딱거리며 수긍도 부정도 아닌 노래의 순간을 기다렸다. 가사가 없는 시간, 노래 속에는 헤어지는 사람이 많았다.

노래방 조악한 조명 아래 나는 아무도 불러보지 않은 노래처럼 앉아 환해졌다 어두워졌다. 다시 환해진다. 가사가 없는 노래의 한 부분을 훌쩍 뛰어넘을 수는 없을까. 노래를 부르며 노래에서 벗어나 후렴구가 반복되곤 하는 노래들을 다시 기다려야만 할까.

제목으로도 첫 소절로도 찾아지지 않는 노래를 고르다 보면 입에 붙은 노래 한 곡 변변하지 않다는 것, 팡파르 울리는 순간도 없다는 것.

박진이

2015년 〈영남일보〉 신춘문예 당선.
2016년 경기문화재단 창작지원금 수혜.

8월에게 묻다

박진이 시인

어쩌면 그렇게 여름의 나이는 까마득한 옛날이라고,

어찌해볼 수 없는 여름이 있었습니다. 햇빛이 쏟아졌고 우리는 물장구를 치며 놀고 있었습니다. 시간이 가는 줄도 몰랐습니다. 그리고 몇몇 아이들이 사라졌습니다.

여름의 물가는 위험하단다. 베개 속 돌돌 말린 부적이 네 여름이란다. 반복해서 들어도 무슨 얘기인지 알 수 없어서 크고 작은 돌들 위에서 물만 뚝 뚝 흘렸습니다. 아무 말도 못 한 채 어색하게 서서 물만 뚝 뚝 흘렸습니다. 누구는 떠내려간 운동화 때문이라 했고 누구는 삼재三災 때문이라 했습니다.

인디언들에게 죽음은 누군가의 기억에서 잊히는 거라는데 나는 내가 언젠가 죽게 될 죽음이 몇 번쯤의 죽음인지 궁금했습니다. 마음이 내려앉았던 어느 여름처럼 말입니다. 어떤 애들은 아이를 보았다고 했고 어떤 애들은 아이를 보지 못했다고 했습니다. 결국 누가 아이를 보았는지 따질 필요도 없는 것이 되어 갔고 그때는 이미 해가 지고 난 뒤였습니다. 기억의 수위는 늘 어른거리는 물결을 닮았거나 부옇게 흐려지는 것이니까요.

냇가의 물이 무릎까지 차오르면 물의 바닥은 한없이 미끄러워집니다. 걷어 올린 바짓단이 젖을까 고민하는 나이는 지났다고, 이젠 딛고 있는 바닥을 걱정할 때라고 어른들은 말했습니다. 그렇게 미끄러운 물의 바닥도 양팔의 균형으로 어느 정도 익숙해지면 그땐 각자 저의 나이에 뛰어들 때라고들 말했습니다. 균형이 잡힌 나이에 뛰어드는 건 정말 끔찍한 것이라고 말했습니다. 어떤 상처는 계속 놔두다 보면 괜찮아지곤 했습니다. 무언가를 받아들이는 것은 분명 그때와는 다른, 지금의 나이가 있다고 믿고 싶은 마음입니다.

나는 내 나이보다 더 오래 살아남을 수 없겠지만, 어디까지입니까? 자꾸 물어보게 되는 무척이나 더운 여름입니다.

신정근 화가의
야간비행

2화. 스치듯 풍경

신정근 화가

머릿속이 장마철 꿉꿉한 하늘처럼 잿빛으로 변하고 있었다. 요철이 심한 계곡 사이를 둥둥 떠내려가는 어제의 기억이 실재하는 '어제'가 아닐 수도 있겠다는 생각마저 들었다. 그동안 함께했던 마카사르에서의 추억이 흐릿한 안개구름으로 남는 것이 두려웠다. 서운하기도 했다. 남겨진 도시와 사람들에게 미안한 마음이 드는 것은 지나친 감성놀음일까.

새벽 농이 트기도 전에 서둘러 친구의 차에 짐을 가득 싣고 술탄 하사누딘공항으로 떠났다. 공항으로 가는 고속도로에는 띄엄띄엄 같은 방향으로 가는 차들이 있었다. 반대편 차선에서는 목적지를 알 수 없는 차들이 뿌연 빛을 발하며 도심으로 향했다. 인도네시아 친구는 서툰 한국말로 조심해서 가라는 인사를 했다. 그는 기약 없는 이별에 걸맞지 않게 시시콜콜한 이야기를 늘어놓는 것으로 차 안 가득한 긴장과 아쉬움을 누그러뜨렸다. 도로는 여전히 어두웠고, 보일 듯 말 듯한 가로등이 말없이 공항으로 가는 길을 애써 비추고 있었다.

마타하리Matahari를 보고 떠나는 것은 불가능하다. 세상에 태양은 하나뿐이지만 마카사르 하늘에 떠 있던 태양은 유독 당

당했으며 도도한 콧대로 사람들의 눈을 부시게 하였고, 모두는 머리를 숙일 수밖에 없었다. 태양은 적도를 지나는 이곳의 자랑이었고, 내 그림 속 첫 번째 모티브가 되기에 충분했다. 하지만 새벽 비행기를 타고 자카르타로 날아가야 하는 나에겐 어제의 그것이 마카사르에서 만나는 마지막 태양이었던 셈이다. 아직 이별의 말을 다 전하지 못하였고, 다시 돌아오겠다는 약속의 말도 미처 하지 못했다. 그래도 아마 태양보다 더 많은 거리의 코코넛나무들은 알고 있으리라. 도무지 숫자로 헤아릴 수 없는 해변의 촘촘한 바닷바람은 내 눈물을 기억해 줄까.

하사누딘 국제공항은 새벽부터 어딘가로 떠나려는 사람들이 공항 주변을 두리번거리고 있었다. 너무 이른 시간이라 많은 사람들은 아니었지만 그들 중 몇몇은 나와 같은 방향으로 갈 것이고, 다른 누군가는 국경을 넘어 곧장 말레이시아나 싱가포르의 어디쯤으로 날아갈 것이다. 공항은 고양이의 발소리도 들릴 만큼 고요했으며, 배웅 나온 친구의 긴 속눈썹만큼이나 차분했다. 곰처럼 우람한 체형의 그는 언제나 나의 편이었다. 마카사르에 있는 동안 내 생활에 관련된 거의 모든 부분을 가족처럼 챙겨주었고, 때론 나의 입과 발이 되어주었다. 아침에 반드시 커피를 마셔야만 정신을 차리는 나를 위해 그는 마지막까지 진한 블랙커피를 내 앞으로 내밀었다. 나는 그에게 곧 다시 보자는 고루한 말을 건넸다. 지킬 수 있을지 확신할 수도 없으면서 건조한 약속을 하고야 말았다. 그것은 마치 오랜만에 지하철에서 만난 고등학교 동창에게 '나중에 밥 한번 먹자.'라고 말하는 세상에서 가장 흔한 거짓말 중의 하나였을지도 모른다. 의도된 거짓은 아닐지언정, 지켜질 가능성이 희박한 약속을 함부로 내뱉는 것도 상대방에 대한 예의가 아닐지도 모른다는 생각에 마음이 무거웠다. 그래도 그렇게라도 말해 두고 싶었다. 무책임한 말이라도 남겨야 사랑하는 도시와 사람들에게 덜 미안할 것 같았다.

탑승 시간이 성큼 다가왔다. 핸드폰 화면에 분리되어 있던 두 개의 시간, 즉 서울과 마카사르의 시간은 하나로 합쳐질 것이다. 한국과는 불과 한 시간의 시차밖에 나지 않지만 남쪽으로 먼 지리적 차이를 두고 있는 마카사르를 떠나는 일은 생각만큼 쉬운 일이 아니다. 내가 짊어진 배낭의 무게만큼이나 떠나는 나의 발걸음도 전학 가기 싫은 초등학생의 마음처럼 묵직한 아쉬움을 남겼다. 태양은 여전히 달 아래 파묻혀 잠을 자는 사이, 나는 친구의 두꺼운 손을 잡고 악수를 나눴다. 그의 손은 처음이나 지금이나 따뜻했으며, 아무렇게나 자란 콧수염도 어제의 모습 그대로였다. 곧이어 그의 그림자는 아직 어둠이 남아있는 도시 속으로, 나는 비행기의 차가운 기체 속으로 몸을 숨겼다.

다시 혼자가 되었다. 그런 상황을 깨닫는 건 차라리 쉬웠다. 눈구멍으로 터져 나오는 심에 대한 그리움을 꾸역꾸역 집어삼키는 것보다 나았다. 비행기가 차오르자 마카사르의 풍경은 형체도, 흔적도 없이 멀어졌다. 마치 원래부터 존재하지 않았던 도시처럼. 앞바다의 바람이 이방인의 가슴을 매몰차게 할퀴고 지나갔다. 나는 매일 밤 마카사르의 작렬하는 태양을 꿈꾸고 싶다. 그 옛날 화가 고갱이 일생을 두고 간절히 찾아 헤맨 섬의 아이들과 멈추지 않는 원시原始의 춤을 추고 싶다.

신정근(미술가, 작가)
2020년 문예진흥기금 예술가해외레지던스 선정
2018년 아르코문학창작기금 수혜
2017년 제1회 〈적도문학상〉 대상
2017년 경기히든작가 선정
수필집 『달은 적도로 기운다』 『적도의 온도, 여행의 언어』

시마詩魔

II

권경희

배다솜

강지혜

성가영

이충기

최우석

옥세현

(가나다 순입니다. 펼침편집으로 순서가 바뀐 것도 있습니다.)

하늘

권경희

고개 숙여 걷다

눈물이 떨어질 땐

하늘을 봐

마음속 지워지지 않는

얼굴 있을 땐

구름을 붙잡아

신발에 묻은 먼지를

털고 싶을 땐

하늘에 발 담궈봐

하늘은

손수건이 되고

연필이 되고

비누가 될 거야

하늘에 집을 지을 거야
바람으로
기둥을 세우고
마당엔 햇빛 돗자리를
깔고
그물로
창을 내야지

너와 나
함께 부르는 노래
비가 되어 내리네
사랑의 꽃을 피우네

jabbkyoung8966@hanmail.net

2호선 신천역이 이름을 바꿨다

배다솜

2호선 신천역이 이름을 바꿨다

열차 문 위의 노선도에다가

잠실새내라고 스티커가 희끗하게 붙었다

노선도가 조각났다 길이 갈라섰다

새 조각을 잇고 헌 조각은 지나쳐 버리고

빼곡히 갈라진 빌딩의 창문처럼

모든 것이 조각났다가 제멋대로 들러붙는다

알고 있는 것은 없었다 믿고 있는 것만 있다

노약자석 옆에 지팡이 세워놓고 앉아서

여기 잠실시내야 하고 전화하는 노인이 있다

일생에 걸쳐 쌓아 놓은 말의 탑이

또 한 조각 떨어져 나간다

이름은 부르는 대로 쌓이지만

떠나는 열차처럼 도리 없는 것도 있다

끝없이 그러모으는 것은 다만 찌꺼기다

알았던 적 없는 말의 부유물들이다

dsut9510@naver.com

반딧불이

강지혜

물가 풀숲에서 나온 반딧불이
꽁무니에 등불을 달고 날아다녀요
밤길이 어두울까 봐
엄마 반딧불이는 환한 등불을 켜고
앞장 서 손짓합니다
나뭇잎 뒤에 있던 아기 반딧불이도
용기를 내 따라나섭니다

찬 이슬 머금은 아기 반딧불이
날개돌이를 하며
하나둘 전구를 켭니다
깜빡깜빡 빛을 내며
하늘로 힘껏 날아 오릅니다

와아,
반짝반짝 빛나는 세상이다!
밤이 하나도 무섭지 않아!

zosel5056@hanmail.net

나무 터널

성가영

손을 잡고 함께 하기 시작한 이후로
우리는 한 번도 혼자인 적이 없었다.
석석대며 볼을 스치던 초겨울 찬 바람도
더는 홀로 견뎌낼 일이 없었다.

서로를 향해 힘껏 뻗은 두 팔 사이에
어린 나뭇가지 하나 생겨난 뒤로는
어느새 너와 내 팔이 얽히고 설키어
너의 체관과 나의 물관을
분간하기 어렵고 얼어붙어 덩이져서
마침내 본디 모습을 상실한 채
하나의 터널을 이루었다.

때때로 아물아물 아지랑이 피어올라
옛 환상喚想속에 잠깐잠깐 헤매다
언제 그랬냐는 듯 제자리로 돌아와서
다시금 어우러져 하루하루를 같이 이어가는 너와 나
우리는 이제 나무 터널

seewool@daum.net

잠수함을 꺼내주세요

이충기

애초부터 밤의 거역이란

망가진 수도꼭지를 틀다가 다치는 일

나는 그물망에 잡힌 요정이다

빨간 립스틱을 바른 입술이라도

물어뜯으려다가

낮을 꿀꺽 삼키고만 있다

귀스타브 모로가 왜 깍지를 끼는지

깍지 낀 손가락으로 어떻게 습작을 하는지

열 손가락을 서로 엇갈리게 바짝 맞추어본다

흑연이 눈꺼풀 위에 내려앉는다

번개 치는 소리를 듣는 시간이다

나는 귀스타브 모로의 후계자처럼

바퀴의 모양을 떠올리며

손가락 마디를 그린다

튜브에 의지할 수 있다면 이불을 덮지 않을 수만 있다면

생각은
잠길 수가 없는 꿈의 빈도를 재지 못한다
무슨 문장인지 알아가는 것이다
내 손이 와르르 뭉개질 때까지
그가 헤엄치던 바다가 범람할 때까지

나는 뇌를 베개 밑에 구름처럼 모셔두지만
그의 물집 잡힌 손으로 입술을 오므리고
귀스타브 모로는 큰소리로 떠든다

무얼 어떻게 써 나가야 되는가

잠수함을 타는 꿈을 꾸듯이
나는 망가진 수도꼭지를 잠그기 위해
이불 덮인 밤을 휘젓는다

alfl2382@hanmail.net

고요하기를, 바다처럼

최우석

멀리 서 바라본 바다는

누군가 칠해놓은 듯

새근새근 잠을 잔다

미동도 없이,

소리도 없이,

그저 묵묵히

푸르다

그러나, 지금

내 발에 밀려온

이 물결은 무엇인가

거친 숨을 몰아 내쉬며

끊임없이,

움직이고,

부딪친다

그렇다,

나 또한

바다이고 싶다

먼발치에서 우두커니

동상처럼 살고 있으나

그 궤적은 언제나

뜨거운 심장이

이끄는 대로

묵묵히

파도

치는

삶

바라건대,

고요하기를

바다

처

럼

chldntjr0425@naver.com

습작 노트

옥세현

표정 없는 단어,

슬픔에 쌓인 형용사,

관념의 추상명사,

잔뜩 먼지 먹은 문장,

과장된 동사, 모두를 지우고 나니

텅 빈 하루를 횡단하고 있는

우리의 얘기가 보이기 시작했다.

okshpoet@gmail.com

신지영의
치담치담

마음의 무늬

신지영 아동청소년문학평론가, 작가

봄이 어떻게 피었는지 모르겠더니 벌써 지고 있다. 무성하게 수런거리던 꽃잎들이 다 떨어졌다. 이제 나무들은 여름을 키울 준비를 하고 있다. 가지 끝에서 연한 잎이 돋고 보도블록 틈에서, 어느 집 담벼락 갈라진 사이에서, 작은 풀들이 고개를 드는 것도 마음은 못 따라갔는데 어느덧 바람에서 열기가 느껴진다. 이번 봄엔 그랬나. 땅이 녹는 것도 반기지 못했고 겨울 내내 꼭 여미었던 마음도 풀지 못했다. 오히려 한차례 더 여미었다. 나만 그랬을까. 아마도 많은 사람들이 비슷했을 것이다. 계절이 새움을 틔우는 것에 마음을 준 사람이 몇이나 될까. 길에 나선 모두들 마스크를 쓰고 사람과 사람 사이는 거리를 둬야 했다. 물리적 거리는 사람들을 위축시키고 쓸쓸하게 만들었을 것이다. 그러니 마음은 더 가까워지고 싶을 수밖에. 우리는 모두 같은 계절을 앓았다.

너의 안부를 물을 수밖에 없었다. 왜냐하면 내일의 나의 안부를 물어줄 우리가 필요했기 때문이다. 오늘 무사한 네가 나를 편안하게 했고 위로했다. 누군가 병이 나았다는 소문이 나를 기쁘게 만들었다. 그것은 우리의 가능성이었다. 이 병든 때를 고칠 수 있는 백신 같은 희망이었다. 우리는 손을 잡고 걸을 수 없었지만 마음은 이미 서로 껴안고 쓰다듬고 있었다. 서로 마주보고 밥을 먹기도 조심스러웠지만 주린 마음을 채워주고 있었다. 그것이 자꾸 꺾이려는 봄을 지탱해주었다. 여름으로 자랄 수 있도록 뿌리를 적셔주었다.

소망

비가 봄꽃을 적시며 내린다
사막에도 비가 내리기를

–「소망」『소망』[1]

---

1) 이창건 『소망』(세손, 2008) 이하 인용한 시들도 이 시집에서 인용한다.

시작을 여는 비는 계절을 바꾸는 힘이 있다. 내리기 전과 후가 확연히 다르다. 얼어붙은 틈을 녹이고 그 안에 봄을 부어 넣는 비를 맞으면 꽃들은 잎을 피울 수밖에 없다. 아마도 봄비란 그런 힘으로 모두를 설레게 할 것이다. 그 비를 보며 먼 곳의 마른 땅을 생각하는 이는 몇이나 될까. 어쩌면 지금 나를 편안하게 해주는 모든 것은 다른 누군가의 희생이 있었기에 가능하다는 걸 알고 있는 사람일지도 모르겠다. 하여 지금 온전히 내가 누리는 모든 것은 다른 이와 나눠야 하는 것을 당연하게 생각하는 사람의 마음은 참으로 꽃 같은 것이다. 먼 곳의 지난한 고통을 공유하며 지금 나를 설레게 하는 이 기쁨이 먼 곳에도 닿아 적시길 바라는 소망, 그 마음이야말로 봄비와 같다. 그런 마음은 도대체 어디서 오는 걸까?

나무가 자라면서

한 고비 때마다

자기 몸 안에

금을 그어 놓은 것을

선생님께서 나이테라고 하셨다

나무가 자라고 더 자라

어느 목공 아저씨의 손에서

장롱으로 짜여진 나무의 고비는

은은한 무늬로 살아 올랐다

나는 그것을 아저씨한테

나무의 결

나무의 길이라는 이야기를 들었다

- 「고비」 전문

　　마음이란 태어날 때 아무것도 안 담고 있었을 것이다. 그저 빈속은 말개서 환했을지도 모르겠다. 무엇이든 키워낼 봄처럼 말이다. 마음이 마음다워지기 위해서 어쩌면 수많은 고비를 넘겨야 했겠지. 넘긴 고비는 흉터 대신 무늬를 남기고 마음은 시간이 겹겹이 쌓은 나이테를 갖고 나무처럼 단단하게 자랐을 테다. 상처와 고통이 그대로 고여 썩지 않고 어떤 일에도 흔들리지 않는 뿌리를 만들어 낸 마음은 아마도 그때부터 다른 사람의 상처와 고통도 품게 되었을 거다. 자신의 고비로 마음의 결을 만들고 그 결이 길이 되는 나무와 같은 사람의 품은 그래서 든든하고 따뜻하다. 막 지은 밥 한 끼처럼.

엄마가 밥을 짓는다
밥물이 끓으면서
뚜껑이 들썩서린나
들썩들썩거리는 힘
그 힘이 밥을 짓는다
나한테도 들썩거리는 힘이 필요하다
나를 들썩 올릴 수 있는 힘
가엾은 것에 정을 들썩
끓일 수 있는 힘

- 「들썩이는 힘」 전문

마음이 아무리 끓어오르고 넘쳐도 드러나지 않으면 알 도리가 없다. 결국 몸을 들썩이며 움직이게 하는 힘이 필요하다. 속을 덥히고 채워 힘든 일상을 버티게 하는 갓 지은 밥 같은 힘. 어쩌면 '가엾은 것에 정을 들썩'이게 하고 '끓일 수 있는 힘'을 우리는 모두 알고 있을지도 모르겠다. 고비를 넘기고 만들어 낸 길이 향하는 곳, 바로 '우리'가 있는 곳까지 닿으려는 의지가 아닐까. 가엾은 너를 보고 들썩이는 것. 결국 나를 움직이게 하는 것은 너를 염려하는 나의 뜨거운 열기다.

신지영(아동청소년문학평론가, 작가)
2010년 〈푸른문학상〉 '새로운 평론가상'
제16회 창비 '좋은 어린이책' 수상.
청소년 시집 『넌 아직 몰라도 돼』
청소년 소설집 『프렌즈』 『내 친구는 슈퍼스타』 등

내일로 가는 문학 기행

_윤동주문학관 편

우리에게 주어진 길을
찾아가는 여정은
계속되어야 한다

유수진 시인

서울시 종로구 청운동에 윤동주문학관이 있다. 윤동주 시인은 굳이 말로 설명이 필요 없을 만큼 큰 의미를 가지는 시인이다. 윤동주 시인의 시와 삶을 떠올릴 때마다 다시 생각해 보게 된다. 우리말을 하고 우리글을 쓰는 것에 아무런 제약이 없는 지금이 얼마나 아름다운가. 이름만으로도 커다란 의미로 다가오는 윤동주 시인, 영원한 젊음으로 기억되는 위대한 시인을 기리는 문학관이 청운동에 세워진 데는 이유가 있지 않을까. 어떻게 청운동, 지금의 자리에 윤동주문학관이 건립되었을까.

[윤동주문학관 전경]

　　1948년 1월, 정음사에서 윤동주 시인의 유고 시집이 출간된다. 윤동주 시인은 생전에 시집을 출간하고 싶어 했다. 그가 계획한 시집 『하늘과 바람과 별과 시』에는 총 19편이 수록될 예정이었다. 일제강점기였던 당시는 책을 많이 찍어내기 힘들어서 100부 한정, 혹은 200부 한정 등으로 책을 출간했다. 윤동주 시인도 자신의 첫 시집을 77부 한정으로 출판하고자 했지만, 검열 문제를 우려하여 뜻을 이루지 못한다. 그가 사망한 후 출간된 『하늘과 바람과 별과 시』, 그의 첫 시집이자 유고 시집엔 총 31편의 시가 실렸다. 정지용 시인이 서문을 썼고, 강처중 선생이 발문을 썼다.

[제1전시실, 출간 서적의 책 표지를 전시해 놓았다]

　　제2전시실은 열린 우물이라 부른다. 열린 우물은 용도 폐기된 물탱크의 윗부분을 개방하여 만들었다. 이곳에서 윤동주문학관이 왜 청운동에 자리하게 되었을까에 대한 답을 엿볼 수 있다. 윤동주 시인은 연희전문학교 문과를 다니던 시절, 종로구

누상동에서 하숙을 한다. 그 집은 소설가 김송의 집이었는데, 시인은 친구였던 정병욱 선생과 함께 생활했다. 청운동은 윤동주 시인이 머리를 식히고 시정을 다듬으러 종종 들른 장소이다. 「별 헤는 밤」 「자화상」 「또 다른 고향」 등을 바로 이 시기에 썼다. 그 후 서울시는 급속한 산업화를 겪으며 팽창한다. 사람들이 일자리를 찾아 서울로 서울로 모여 들었다. 인구가 급속도로 증가하자 사람들은 집을 지으러 높은 곳으로 올라가기 시작했다. 점점 고지대에 주택이 많이 지어져서 고지대 주민들이 만성적인 물 부족 문제에 시달리게 되었고, 심화되는 급수난을 해결하고자 청운수도가압장이 세워졌다. 가압장은 고지대로 수돗물을 끌어올리기 위한 펌프 시설을 갖춘 수돗물 공급 시설이다. 느려지는 물살에 압력을 가해 다시 힘차게 흐르도록 돕는 곳이다. 청운수도가압장은 종로구 청운동 일대의 고지대를 향하여 물이 다시 힘차게 흐를 수 있도록 도왔다. 그러나 도시가 더욱 발전함에 따라 청운수도가압장이 더 이상 필요하지 않게 되었고 방치된 채 세월이 흐른다. 이후 용도 폐기된 채 버려져 있던 시설을 개조하여 2012년에 윤동주문학관을 건립했다. 살다 보면 좀 지치고 힘들 때가 있다. 이유가 뚜렷할 때도 있고, 무엇 때문인지 도통 알 수 없을 때도 있다. 자꾸 어깨가 처지거나 발걸음이 왠지 가볍지 않을 때, 청운동에 있는 윤동주문학관에 가보자. 그곳에서 윤동주 시인의 시 한 편을 읽어보자. 우리의 정신이 지치고 힘들 때 윤동주 시인의 시가 우리의 정신을 다시 힘차게 흐르도록 도울 것이다. 윤동주 시인은 우리의 정신 가압장이다.

[열린 우물, 용도를 다한 물탱크의 윗부분을 개방하여 우물을 형상화한 전시관]

　제3전시실은 닫힌 우물이라고 한다. 용도 폐기된 물탱크를 원형 그대로 보존하여 만들었다. 이곳에서는 시인의 일생과 시 세계를 영상물로 감상할 수 있다. 윤동주문학관은 종로문화재단이 종로구로부터 위탁받아 운영 중이다. 매주 화요일에서 일요일, 오전 10시부터 오후 6시까지 무료로 관람할 수 있다. 윤동주문학관의 가장 큰 특징은 전시관을 스토리텔링 기법으로 구성하였다는 점이다. 물탱크를 원형 그대로 활용하여 닫힌 우물과 열린 우물로 조화롭게 구성했다. 제1전시실부터 제3전시실까지 순차적으로 둘러보며 윤동주 시인의 삶과 문학을 관람할 수 있는 공간이다. 더불어 해설사의 작품 설명과 전시품 설명을 들을 수 있다고 한다. 어서 코로나19 사태가 진정되어서 해설사의 이야기를 들을 수 있는 날이 빨리 왔으면 좋겠다.

[닫힌 우물, 용도를 다한 물탱크를 활용한 상영 전시관]

제1전시실, 제2전시실, 제3전시실을 보고 다시 제2전시실을 지나 제1전시실로 돌아와, 전시실 가운데 우물 목판 앞에 섰다. 처음 전시실로 들어왔을 때 이미 한번 보았지만, 왠지 그곳에 다시 서 보고 싶었다. 우물 목판은 생가를 정비하는 과정에서 나온 것이다. 생가 우물가에 서서 고개를 들어보면 윤동주 시인이 다녔던 명동교회와 명동소학교가 보였다고 한다. 그 우물 목판 앞에 서서 눈을 감으니, 시인이 그곳에서 보았을 교회의 첨탑과 소학교 지붕이 보이는 듯하여 절로 심호흡이 터져 나왔다. 그의 대표시 자화상에 우물이 등장한다. 고향 집 안마당에 있던 우물은 시인의 근원으로 오래도록 함께 했으리라. 친필 원고, 영인본과 함께 윤동주문학관이 가장 귀중하게 여기는 소장품이다.

[윤동주 시인의 생가를 정비하는 과정에서 나온 우물 목판]

　　'죽는 날까지 하늘을 우러러 한 점 부끄럼이 없기를 잎새에 이는 바람에도 나는 괴로워했다' 제목이 서시라고 알려진 시의 일부이다. 시집 맨 앞에 서문 대신 쓴 시를 「서시」라고 하는데, 요즘 시집에는 시인의 말이라는 짧은 글귀가 수록된다. 「서시」는 그의 유고 시집 『하늘과 바람과 별과 시』에 작가의 서문 대신 수록된 시이다.

[방문객들이 잠시 쉬어 갈 수 있는 옥외 공간이다.
카페 정원에서 차를 마시며 서울 풍경을 볼 수 있는 운치 있는 곳이다]

　　윤동주문학관은 매년 윤동주문학제를 개최하고 있다. 대표 프로그램은 전국 단위의 공모전인 윤동주창작음악제와 청소년 윤동주시화공모전이다. 이를 통해 윤동주 시인과 그의 삶을 되새길 기회를 마련하고자 노력하고 있다. 특별히 올해는 7월과 10월에 분산 개최가 예정되어 있으며, 지금까지 윤동주문학관 인근 지역에서 진행해오던 문학제를 대학로 마로니에공원까지 넓게 확대할 계획이라고 한다. 이를 통해 더 많은 독자에게 윤동주 시인을 소개할 뿐만 아니라 체험프로그램도 다양하게 제공하려 준비 중이다. 더불어 10월에는 윤동주문학관이 개관한 이래 첫 기획 전시도 개최할 예정이다. 윤동주문학관의 공간적 특성을 활용한 전시가 많이 기대된다.

[문학관 뒤로 조성된 시인의 언덕로, 산길을 타고 오를 수 있다]

문학관 뒤로 조성된 시인의 언덕로를 걸어 올라가는 길은 산으로 향하는 길이었지만 그 길을 돌아 나오는 길에는 별을 올려다보기에 좋은 마당도 있었다. 아직 해가 밝은 시간이어서 별을 볼 수는 없었지만 밤이면 밤마다 그곳 마당엔 별들이 가득하리라. 그곳에서 이리저리 오래 마음을 둥글린 자갈들이 둥글어진 마음을 또 둥글둥글 확인하고 있었다. 한낮에도 한밤에도 별을 쳐다보며 사는 자갈마당을 꾹꾹 밟으며 그 단단한 마음을 읽어보고 또 읽어 본다. 윤동주문학관을 놀아보고 나서 생각해 보게 된다. 우리도 별을 노래하는 마음으로 모든 것을 사랑하며 우리에게 주어진 길을 걸어가야 하지 않을까. 우리에게 주어진 길은 어떤 혹은 어느 길일까. 그 길을 찾아가는 여정은 계속되어야겠다.

* 코로나19 사태로 인하여 윤동주문학관이 임시 휴관 중인 상태에서 종로문화재단과 윤동주문학관의 협조를 받아 취재했다. 질문은 서면 질문지로 대체하여 진행했다. 문학관 탐방이 이루어질 수 있도록 도움을 주신 이승주 선생님, 민경주 선생님, 유지수 선생님께 감사의 말을 드린다.

⊙ 윤동주문학관 관람 안내

관람 시간 : 10:00~18:00
개관일 : 화요일~일요일
휴관일 : 매주 월요일, 설날과 추석 당일

문의 : 서울시 송로구 상의문로 119(칭운동 3 100)
대표전화 02-2148-4175
홈페이지 www.jfac.or.kr

내일로 가는 문학 기행_윤동주문학관 편을
유튜브에서 보실 수 있습니다.
유튜브 검색시 '윤동주문학관 _시마 04호'를 입력하세요
https://youtu.be/rXXyaCvdBBE

자화상

윤 동 주

산모퉁이를 돌아 논가 외딴 우물을 홀로 찾아가선 가만히 들여다봅니다.

우물 속에는 달이 밝고 구름이 흐르고 하늘이 펼치고 파아란 바람이 불고 가을이 있습니다.

그리고 한 사나이가 있습니다.
어쩐지 그 사나이가 미워져 돌아갑니다.

돌아가다 생각하니 그 사나이가 가엾어집니다. 도로 가 들여다보니 사나이는 그대로 있습니다.
다시 그 사나이가 미워져 돌아갑니다.
돌아가다 생각하니 그 사나이가 그리워집니다.

우물 속에는 달이 밝고 구름이 흐르고 하늘이 펼치고 파아란 바람이 불고 가을이 있고 추억追憶처럼 사나이가 있습니다.

오후의 문장

나만의 익스페리멘틀
experimental

이은정 작가

화장실 안쪽 선반 위에 휴지 심 여러 개가 모여 있다. 두루마리 휴지를 다 쓰면 종이로 만든 원통 모양의 심이 나오는데, 거기에 붙어있는 최초의 한 칸이 매번 잘 떨어지지 않았다. 어떤 때는 두 칸이 붙어있기도 했다. 그게 못내 아쉬워서 버리지 못하고 모아둔 것이다. 접착된 부분을 조금씩 살살 뜯어내면 휴지 한 칸이 생긴다. 휴지 심 열 개면 열 칸의 휴지가 생긴다. 때론 횡재한 기분이 들기도 했다.

휴지 심이 쌓여갈 무렵, 슬럼프가 생각보다 오래 지속되었다. 외출은커녕 종일 잠만 잤고 깨어있어도 이불 속에서 뒤척이거나 창밖을 보며 멍하니 앉아있는 게 일과였다. 먹는 것마저 귀찮을 정도로 모든 의욕이 바닥으로 떨어졌다. 열심히 사는 게 정답인지 답답했고 그게 답답할 만큼 열심히 살았는지도 의문이었다. 매일 무언가 쓰고는 있지만 그것이 문학인지 모르겠고 확신할 수 없더라도 써야 한다는 강박은 종국에 아무것도 쓸 수 없는 상태를 만들기도 했다.

활동량이 적은 데다 먹는 게 부실하니 싸는 데도 문제가 생겼다. 화장실에 오래 앉아있게 된 것이다. 생전 없던 변비에 아랫배를 쥐어짜며 배설하지 못하는 고통을 느끼다가 뜬금없이 울음이 터진 이유는 나란히 서 있는 휴지 심 때문이었다. 이 하찮은 휴지 한 칸도 마지막까지 제 할 일 하겠다고 기다리는데 너는 너를 마지막 한 방울까지 쥐어짜 보았느냐, 휴지 심의 목소리에 비난이 배어있었다. 하필이면 그때 어떤 시가 떠올랐고 그날 내 몸에 난 모든 구멍으로 슬럼프가 배설되었다.

　　우리는 똥이 막 나오려고 하는 순간의 감정, 이 세
상에서 가장 부끄러운 감정으로 음악을 만들었네 사라
지려는 힘과 드러내려는 힘의 긴장 속에서 악기를 연주
하고 노래를 불렀지 우리가 생각하는, 우리들만의 익스
페리멘틀experimental이라고, 라고나 할까

－ 황병승 詩「밍따오 익스프레스C코스 밴드의 변」중

변기에 앉아 울었던 순간을 떠올리면 어설프게나마 문학적
방향이 그려진다. '똥이 막 나오려고 하는 순간의 감정'으로 글
을 써 본 적 있던가. 혹은 '이 세상에서 가장 부끄러운 감정'으
로 써 본 적 있던가. 아름답거나, 아름답지 않아도 아름답게 보
일만 한 글만 쓰지는 않았던가. 향기롭거나, 향기가 없다면 향
수라도 뿌려서 보여주고 싶지는 않았던가. 나는 내 물음에 끝내
내답해주시 않았나.

　그렇다면, 해보자. 나만의 익스페리멘틀experimental. 똥을
싸는 순간마다 내 안의 가장 부끄러운 문장 하나씩 쓰고 나가
자, 일은 그렇게 시작되었고 나는 실제로 그렇게 했다. 변기 물
이 채 다 빠지기도 전에 서둘러 책상 앞에 와서 방금 똥을 싸며
떠올린 문장을 노트에 쓴다. 그렇게 모인 문장을 읽어보며 생각
했다. 책상 앞에서 편한 의자에 기대어 아랫배를 내밀고 썼던
글들은 과연 무엇이었을까. 어쩌면 단순한 한글의 조합이지는
않았을까.

돌 지난 아이부터 죽기 전까지, 사람이라면 다 알만한 배설의 양가성인 더러움과 쾌감. 글은 그렇게 써야 했다. 냄새나는 건 냄새나는 대로, 못생긴 건 못생긴 대로 배설부터 해야 했다. 제대로 배설도 못 하는 주제에 다듬고 포장하고 향수만 고르느라 슬럼프가 오고 변비가 왔다. 나는 작가인가 장사꾼인가. 비로소 깨달다니. 똥을 싸다가 황병승의 시가 떠오르더니, 마침내.

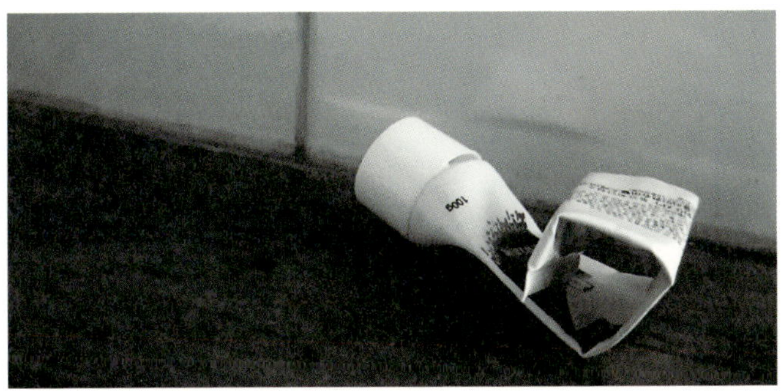

요즘도 가끔 목소리를 듣곤 한다. 납작해진 치약을 돌돌 말아서 짤 때 치약이 하는 말, 다 쓴 샴푸 통에 물을 부어서 흔들어 쓸 때 샴푸 통에서 쏟아지는 비아냥, 작아진 빨랫비누를 스타킹에 집어넣을 때 비누 조각들이 속삭이는 목소리. 귀를 막아도 들리는 그 소리가 이제는 반갑다. 덕분에 나는 '창작'이라는 근사한 단어를 버리고 '배설'을 택했기 때문이다. 세상의 모든 배설은 창작이 될 수 있지만 모든 창작이 배설이지는 않아서, 아름다움과 쾌감 사이에서 헤매었다. 나는 오늘도 변기 위에서 글을 쓴다. 내가 가진 마지막 한 방울까지 배설하기 위해 아랫배에 힘을 주고.

이은정(소설가)
2018년 〈동서문학상〉 대상.
일간지에 에세이를 연재 중.
산문집 『눈물이 마르는 시간』

여행인문학

COVID19와 Dark Tourism

조성찬 박사

"주신(主神) 제우스는 명을 어기고 인간에게 불을 선사한 프로메테우스에 격노하여, 독수리에게 매일 간을 쪼아 먹히는 형벌에 처하고, 불을 선물로 받은 인간을 벌하기 위해 대장장이의 신인 헤파이토스에게 여자를 만들라 명했다. 이에 인류 최초의 여인인 판도라가 탄생하게 된다. 또한, 신들을 불러 모아 다양한 선물을 주도록 명한 바, 아테나는 고운 베를 짜는 기술을, 아프로디테는 매력과 더불어 상념을, 헤르메스는 개의 마음과 교활함을 선물했다. 제우스는 판도라를 에피메테우스에게 보내고, 판도라의 아름다움에 반한 에피메테우스는 아내로 맞이하게 된다.

판도라는 신들이 선물한 피토스라는 커다란 항아리를 함께 지니고 있었는데, 절대로 열지 말아야 할 이 항아리를 판도라가 열게 되면서 인간들은 상자 속에 들어 있던

재앙과 고난으로 고통받게 된다. 하지만, 이러한 고난과
재앙에도 불구하고 미처 판도라의 상자를 빠져나오지 못
한 희망이 남아, 인간은 온갖 고난에도 불구하고 희망을
품고 살아갈 수 있게 되었다고 한다."

2020년 신년의 희망을 노래하기도 전에, 전 인류를 재앙
으로 몰아넣은 COVID19는 판도라 상자 속에 숨어 있던 신들
의 선물이었을지도 모른다. 인간이 욕망에서 시작된 작은 불씨
에 인류는 전례 없는 독한 바이러스의 덫에 걸려, 역사 이래 이
어 온 공동체의 삶을 포기해야 했고, 인종 간에 반목하게 되었
으며, 질병과 죽음이 결코 멀지 않다는 현실적인 공포에 휩싸이
게 됐다. 전 세계적으로 30만 명이 넘는 사망자가 발생했고, 다
양한 모습으로 진화해가는 질병과 일상을 함께 하는 것이 New

[호주 시드니 퀸 빅토리아 빌딩 앞의 빅토리아 여왕상]

Normal이 될 것이라는 불편한 선언 앞에 우리는 설마 하는 의구심을 가지게 되었지만, 이제 새로운 일상은 당연한 모습으로 다가오게 됐다.

세계 각국은 불안과 공포로 국경을 폐쇄하기 시작했고, 대한민국을 기준으로 150여 개 국가가 질병으로부터의 방어를 위해 상호 간의 교류를 금지했다. 국가와 국가 간의 폐쇄와 더불어 사람과 사람 사이의 단절도 시작되어 일상적이던 악수와 포옹은 물론, 죽음을 눈앞에 둔 가족은 음압병실 유리 벽 너머에서 오열해야 했으며 심지어 사망 이후조차 어떤 예식도 없이 화장되는 것으로 한 많은 삶의 여정을 끝내야만 하는 안타까운 상황이 전개되고 있다. 사람들은 질병 앞에 절망했으며, 삶을 위해 유지해 오던 터전은 지리멸렬해졌으며 남은 것은 고독과 절망 그리고 불안함뿐이었다.

[코로나 바이러스 발병 이후 1]
사람들은 마스크를 착용하고 서로를 불안한 시선으로 바라보게 되었다.

어쩌면 이 삶은 중국의 어느 도시에서 식욕에 휩싸인 누군가에 의해 저질러진 판도라의 상자를 여는 무모함에서 시작된 일로 신화 속의 제우스 신이 목적한, 인간에게 내리는 벌과 다르지 않음을 알 수 있다.

하지만, 판도라 상자 속의 마지막 남은 희망은 사람들이 절망을 극복하기 위해 노래하게 했고, 인류사에 전례 없는 감염병 퇴치를 위해 지혜를 모르는 계기가 되었다. 사람들은 국가를 떠나 치료를 위한 백신 개발에 힘께 했으며, 국적을 불문하고 서로의 안녕을 위해 응원하기 시작했고, 이를 통해 종래에는 바이러스와의 전쟁에서 승리하리란 것을 신념처럼 받아들이게 되었다. 질병 극복을 위한 대서사에서 무릎을 꿇기보다는 격리된 공간 속에서, 인간이 왜 위대하고 아름다운 존재인지를 명확히 보여줬다.

질병 초기 가장 많은 사망자와 감염자가 나온 이탈리아는 모든 일상을 금지시켰고, 사람들은 같은 공간에서 쓰러져 가는 감염자들의 죽음을 보면서 공포를 느꼈지만, 이내 노래하기 시작했다. 골목과 골목, 테라스와 테라스 사이에서 노래와 격려를 나누고 이를 통해서 살아 있음과 승리하고 있음에 대한 확신을 표방하게 되었다. 지정학적으로 중국과 가까이 있으며, 경제적 교류가 활발했던 탓에 피해가 컸던 대한민국은 시종일관 사람의 자유를 속박하지 않는 민주적 방역으로 세계의 찬사를 받았고, 질병의 극복 과정에서 소외된 이웃과 감염자, 의료계 종사자들의 걱정과 수고를 덜어 주기 위해 서로를 격려하는 아름다운 모습을 보여 줌으로써 절망 앞에 굴복하지 않는 희망의 송가를 노래했다. 세계 곳곳에서 펼쳐지는 눈물겨운 감염병과의 전

[코로나 바이러스 발병 이후 2] 일상적인 삶을 유지할 수 없게 된 사람들의 고민이 깊어졌다.

쟁은, 지구촌 곳곳에 방영됐고, 우리에게 익숙했던 아름다운 명소를 배경으로 전해지는 달라진 사람들의 일상의 모습은 그 어느 때보다 강렬한 모습으로 전해졌다.

사람들로 북적였던 모습 대신 홀로 선 랜드마크의 모습은 섬뜩한 경험으로, 쉽사리 기억 속을 떠나지 못하고 심상에 자리 잡게 되었다. COVID19 이후, 교류의 시작은 Dark Tourism의 형태로 나타날 수 있음을 읽을 수 있는 광경들이다. 다크 투어리즘은 우리나라에서는 역사 교훈 여행으로 불리고 있으며 인류의 시작과 함께 전개돼 온 전쟁과 각종의 재난, 이에 따른 공포 등을 체험함으로써 과거와 현재, 피해자에 대한 이해를 통한 소통을 추구하는 관광의 형태이다.

격리의 고통과 공포, 그리고 바이러스에 처참히 무너져, 죽음을 맞은 시신을 옆에 두고 생활해야 했던 이탈리아의 아픔 그 속에서도 희망을 잃지 않기 위해 노래하고 건배했던 작은 골목의 기록은 다크 투어리즘 현장으로서 가치를 지닐 수 있다.

세계 최초로 드라이브 스루 진료소를 설치하고 집단 감염

의 공포 앞에서 지적인 인간의 우수한 모습을 보여줬던 그 장소
는 인류의 위대한 재난 극복의 현장으로서 가치를 지닐 수 있
다. 세계사 속의 비극으로 남아있는 아우슈비츠와 히로시마 원
폭과 같은, 씻을 수 없는 상처를 남긴 고난의 장소는 물론이며,
우리나라의 5·18 민주화운동의 거점지였던 전남 도청, 제주 4·3
평화공원 등도 시각화 및 정통성을 부여함으로써 지나버린 한
시대의 아픔으로 치부되지 않고 역사 교훈의 현장으로써 거듭
날 수 있음을 보여 주는 사례들이다.

[코로나 바이러스 발병 이후 3] 사람들은 마스크를 착용하고, 거리두기를 시작했다.

이처럼, 방문객들은 어두운 역사의 현장을 찾아봄으로써 거
부할 수 없는 삶과 죽음에 대한 체험과 공포를 가상으로 체험하
고 역사의 아픔을 되새김과 동시에 불행한 역사를 반복하지 않
기 위한 인류애적 공동가치를 지향할 수 있게 된다. 역설적이게
도 우리는, 역사 속에 전개됐던 오류로 인해 피폐해져야 했던,
민초들의 삶을 바탕으로 진화하고 발전해 왔다.

우리는, 2020년을 관통하고 있는 COVID19 감염병 사태를

겪으면서 서로를 응원하고 격려하는 아름다운 인류애와 더불어 극심한 국가주의와 민족주의를 목도하게 됐다. 국가들은 자국민의 보호를 이유로 일시에 모든 교류를 중단했으며, 아시아인들은 중국인과 닮았다는 이유로 세계 곳곳, 백주의 거리에서 언어 테러나 육체적인 공격을 받았다. 과도한 문화적 자부심과 인종적 멸시는 아픔을 건너는 도도한 극복의 현장에서 가장 큰 시대적 아픔으로 묘사되고 있다.

분열에 대한 치유는 서로에 대한 이해를 필요로 한다. COVID19 이후의 화해는 비극적 장소 탐방(Dark Tourism)의 순기능을 통해 전개될 수 있을 것이다.

격리된 상태에서 외로이 극복해야 했던 현장을 공개하는 시각적, 공간적 전시를 통해 그 안에 머물렀던 이들의 긴 시간과 고독을 공유함으로써 상호 간의 갈등을 치유하고, 암울했던 시간에 대한 기억을 뒤로할 수 있을 것이다. 마침내, 서로의 국경을 열어, 잊혔던 평범한 일상을 나누고, 아픔의 현장에서, 그들이 경험했던 공포와 우울에 대해 경의를 표할 때, 우리가 열어젖힌 판도라의 상자를 통해 빠져나온 고난과 재앙은, 희망 앞에 무너져 가는, 한낱 기우에 지나지 않았던 일시적인 일상의 모습이었음을 알 수 있게 될 것이다.

조성찬
관광학 박사.
전 가톨릭 관동대학교 관광경영학과 교수.

dica 詩 잇
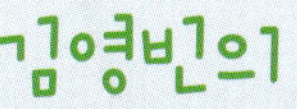

동백꽃이 지면

김영빈 시인

여러분은 사람에게 동백꽃을 받아먹는 사슴을 보신 적 있으신가요? 제가 근무하는 곳에는 사슴들이 무척 많이 살고 있습니다. 그리고 작년까지만 해도 저는 공공연하게 사슴들과 앙숙이라고 말하곤 했었지요. 애써 심어놓은 꽃들과 나뭇잎들을 녀석들이 죄다 뜯어먹곤 했기 때문입니다. 개체 수는 많은 데다 먹이가 충분하지 않으니 한편으론 사슴들이 짠해 보일 때도 있었습니다. 그러던 어느 날 숙소 옆 동백나무 아래에 자주 나타나는 수사슴 한 마리를 알게 되었습니다. 순종은 아니지만, 털에 보이는 흰 꽃무늬로 봐서 꽃사슴이 분명해 보였습니다. 그 사슴을 관찰해 보겠다고 족히 한 달 정도는 졸졸 쫓아다녔던 것 같습니다. 한번은 밤늦은 퇴근길에 숙소 주차장 옆 잔디밭에 엎드려 있는 그 녀석과 눈이 마주쳤습니다. 평소엔 꿈도 못 꿀 일이었지만, 2m 앞에까지 조심조심 다가가 아예 엉덩이를 깔고 앉아 대담하게 영상을 찍었습니다. 그것도 그냥 동영상이 아니고, 페이스북 라이브 방송이었습니다. 사슴이 말대답을 해 줄 리도 만무했지만 아랑곳하지 않고 20여 분간 사슴에게 이런저런 말을 계속 속삭였습니다. 그 영상을 본 페친들은 신기하다고

난리였고, 정작 당사자인 사슴은 평온한 표정으로 계속 엎드려
있는 것이었습니다.

[봄밤, 동백이]

다음 날 늦은 오후에도 사무실 사람들과 걷기 운동을 하다
가 같은 자리에서 풀을 뜯고 있는 그 사슴과 다시 마주쳤습니
다. 이번에는 조금 더 대담하게 동백꽃을 하나 따서 낮은 자세
로 앉아 조심스레 내밀어 보았습니다. 그랬더니, 세상에! 망설
이는 듯하더니 이내 다가와 제 손에 들린 꽃을 송아지처럼 온순
하게 받아먹는 게 아닌가요! 너무도 놀랍고 신기하여, 동백꽃을
계속 따서 먹여 주었습니다. 이렇게 시작된 인연이 매일매일 반
복되다 보니, 어느샌가 그 사슴에게 사과, 오렌지, 배추, 상추 같
은 먹이를 계속 구해다 먹이고 있는 저를 발견하게 되었습니다.
동백꽃을 질 믹는지라 우리 사무실에선 공식적으로 너석의 이
름은 '동백이'가 되었고, 더불어 저는 졸지에 '동백이 아부지'가
되었습니다. 동백이는 이제 사람이 두렵지 않은지 다른 이들이
동백꽃을 따 줘도 다가가서 받아먹곤 했습니다. 그런 행동이 가

끔 질투 날 때도 있지만 제대로 못 먹고 겨울을 났던 걸 생각하면 이해 못 해 줄 일도 아니었습니다.

[동백이와 함께]

구슬이 서발이라도 꿰어야 보배라고 했습니다. 이곳에 사는 사슴이 줄잡아 200마리가 넘는다고 하던데, 사람에게 다가오는 사슴은 동백이가 유일하니, 녀석이 이제는 여기에서 제일 보배 같은 존재입니다

길 가다 어쩌다 마주치면 귀찮을 정도로 동백이를 졸졸 따라다니면서 되도록 눈을 안 마주치며 조금씩 조금씩 가까이 다가가는 오랜 기다림을 통해 동백이는 이 사람이 자기를 해치지는 않을 거란 걸 알아차렸을까요? 좀처럼 곁을 주지 않는 야생 사슴에게도 사람의 진심이 통할 수 있다는 사실을 동백이가 가르쳐 주었습니다.

요즘은 사무실 뒷동산 솔밭에서 동백이에게 먹이를 주곤

하는데, 사슴 한 마리가 와샤샥 사과를 베어 먹고, 오독오독 배추를 씹어 먹는 소리를 들으며 이렇게나 큰 힐링이 될 수 있다는 걸 예전엔 미처 몰랐습니다.

저의 폰 사진첩을 열어보면 그동안 찍은 동백이의 사진이 잔뜩 들어 있습니다. 첫 사진 시집에서 저는 사슴들과 앙숙이라는 표현을 썼었지만, 이제 두 번째 책에서는 그 말을 수정해야 할 것 같습니다. 동백이 때문에 사슴에 대한 인식도 바뀌었고, 요즘처럼 사슴이 먹는 먹이에 이렇게 관심을 많이 두어본 저도 없습니다. 동백이를 소재로 한 디카시도 아마 여러 편 쓰게 되겠지요.

동백꽃을 우아하게 잘 받아먹는 우리 동백이. 동백꽃이 다 지고 나면 매일 오는 동백나무 아래에 잘 오지 않을까 벌써부터 걱정이 됩니다. 마음 같아선 그래도 가끔은 특식을 얻어먹으러 놀러와 주었으면 좋겠습니다. 지금도 손에 뭔가를 들고 앉아, '동백아~' 하고 부르면 호기심 가득한 눈으로 다가오곤 하는 녀석을 더 못 보게 된다면, 왠지 무척 서운한 마음이 들 것 같거든요.

김영빈
2017년 〈이병주 하동국제문학제〉 디카시 공모전 최우수(1위), 〈황순원 문학관〉 디카시 공모전 최우수(2위).
사진시집 『세상의 모든 B에게』

꽃섬

모래알 같은

노란 점들이

모래톱에 찍혔다.

철새 발자국처럼

한철 잘 머물다 간다고.

다이너마이트

5월의 심지에

불을 붙였다.

이제는

터질 일만 남았다.

합리적 의심

길을 가다 멈춰선

사슴에게 묻는다.

너, 솔직히 말해.

저 글자 알지?

상상이 시가 된다.

_이도훈

휘몰아치는 충격의 90분
당신은 아직 바닥을 보지 못했다
랜덤 레벨 프리즌
더 플랫폼
LOTTE CINEMA
2020.05.13

불평등을 향한 당신의 메시지는?

이도훈 시인

더 플랫폼(El Hoyo, The Platform, 개봉: 2020.05.13)

감독 : 가더 가츠테루-우루샤Galder Gaztelu-Urrutia

출연 : 이반 마사구에이(고렝), 조리온 에컬레오(트리마가시)

　　　 안토니아 산 후안(이모구리), 에밀리오 부알레(바하랏) 외

국내 등급 : 청소년 관람불가

한 편의 영화가 코로나19 사태를 뚫고 마침내 개봉하였다. 가더 가츠테루-우루샤 감독의 스페인 영화 「더 플랫폼」이다. 스페인 영화이어서 우리에게는 다소 생소한 면이 있지만 제44회 토론토 국제영화제 '미드나잇 매드니스' 관객상을 비롯하여 굵직한 상들을 수상하며 전 세계적으로 관객 여론몰이를 하고 있는 작품이다.

시기적으로 코로나19라는 악재를 만나 국내에서도 흥행을 이루기는 어려울 것으로 보인다. 소설이나 영화 등 여러 분야에서 이런 불평등을 다룬 작품들이 많았다. 그중에서 「더 플랫폼」이 가장 적나라하게 인간의 불평등을 파헤친 작품이라고 생

각한다. 2013년 개봉한 설국열차는 아주 긴 열차를 소재로 하여 인간의 상하관계를 수평적으로 묘사했다. 그러다 보니 다소 부자연스러운 면도 있었다. 얼마 전 개봉한 기생충에서는 지하와 2층집을 통하여 불평등을 현실성 있게 묘사해서 공감대를 형성하였다. 반면 「더 플랫폼」은 상하관계를 수직적인 구조로 설명하고 있디. 그것도 우리가 상상할 수 없었던 어마어마한 구조인 홀을 이용해서다.

[수직 홀에 갇힌 주인공 고렝]

플랫폼이라는 것은 기차역에서 기차를 타기 위해 지면보다 조금 높이 올라온 층을 말한다. 요즘에는 일상생활과 예술분야에시도 이 용어를 많이 사용하고 있다

영화의 배경은 거대한 수직 홀이다. 방 한가운데는 직사각형 모양의 커다란 구멍이 있는데 끊임없는 위층과 아래층을 볼 수가 있다. 관리자들은 이곳을 '수직자기관리센터'라고 불렀다.

　주인공인 고렝은 레벨 48에서 잠에서 깼다. 맞은편에는 트리마가시라는 노인이 있었다. 수료증을 받기 위해 자원한 고렝과 달리 트리마가시는 교도소에 가는 대신 홀을 선택했다. 홀에서는 하고 싶은 일을 맘대로 할 수 있었다. 단지 플랫폼으로 하루에 한 번 음식이 내려오는데, 주어진 시간만큼 식사를 할 수 있었고 음식을 따로 보관하게 되면 몸이 뜨거워지거나 차가워져 죽게 된다.

[요리사들이 음식을 준비하는 장면]

　영화의 시작 장면은 고급 주방에서 음식을 정성스럽게 만드는 모습이다. 최고의 요리사들이 정성스럽게 만든 아주 고급스러운 음식이 플랫폼에 가득 담겨진다. 이 음식들의 대부분은 홀에 있는 사람들이 좋아한다고 한 음식들이다. 이 플랫폼은 레벨 1부터 시작하여 아래층으로 내려간다. '아래층 사람들은 위층 사람들이 남긴 음식만 먹어야 한다.'는 굳이 설명하지 않아도 알게 되는 공간. 음식을 통한 불평등 관계를 묘사하고 있다. 또한 철학적인 요소를 포함하고 있는데, 사람을 세 부류로 나눈

[고렝과 트리마가시의 첫 식사 장면]

것이다.

> 꼭내기에 있는 자들
> 밑바닥에 있는 자들
> 그리고 추락하는 자들이다.

밑바닥에 있는 자들은 추락하지 않는다. 추락하는 사람들은 위층에 있는 사람들이다.

정신분석학자 프로이드는 자신에게 진료를 받으러 오는 사람들을 두 부류로 나누었다. 돈이 많은 사람들과 돈이 없는 사람들이다. 프로이드는 돈이 없는 사람들은 치료하기가 쉬웠다고 한다. 이 사람들은 자신이 돈이 많아지면 행복해질 것이라고 믿었기 때문에 더 열심히 살려고 했다고 한다. 반면에 돈이 많은 사람들은 치료가 쉽지 않았다고 한다. 그 부류의 사람들은 돈이 있어도 행복할 수 없다는 것을 이미 알고 있었기 때문이라고 한다. 음식이 넉넉한 위층 사람들은 왜 추락하는 것일까? 곰곰이 생각해 보아야 하겠다.

트리마가시는 늘 사람들이 떨어진다고 했다. 그리고 그가 술을 좋아하는 사람이어서 자신에게 돌아올 술의 양이 늘었으면 좋겠다고 아무렇지도 않게 말했다.

[고렝의 책을 빼앗아 읽고 있는 트리마가시]

LEVEL 171

　한 달이 지나면 층이 바뀐다. 잠에서 깨어났을 때 고렝은 벽면에 쓰인 171이라는 숫자와 자신이 침대에 꽁꽁 묶여 있는 것을 알게 되고 기겁한다. 트리마가시는 "먹히는 것보다 먹는 것이 낫다"고 했다. 고렝이 좋아하는 달팽이 요리 「에스카르고」처럼 트리마가시는 고렝을 바로 죽이지 않고 며칠 굶긴 후에 살점을 조금씩 잘라 먹겠다고 했다. 그래야 한 달을 버틸 수 있다고….

　이 영화 속 등장인물 중에는 미하루라는 여인이 나온다. 이 여인은 자신의 아이를 찾아 매번 플랫폼을 타고 내려온다. 내려오기 전에는 반드시 룸메이트를 죽였다. 그래야 다음 달에 룸메이트가 바뀌고 혹시라도 자신의 아이를 만날 수 있지 않을까 해서였다. 고렝은 미하루의 도움으로 위기를 모면한다.

LEVEL 33

한 달 후 고렝은 레벨 33에서 깨어난다. 같은 방에는 이모구리라는 여자가 애완견 람세스를 데리고 있었다. 이모구리는 고렝이 홀에 접수를 할 때 상담을 하던 직원이었다. 홀에 내려오는 사람들은 원하는 물건 하나를 가지고 올 수 있었는데 고렝은 책 『돈키호테』를, 트리마가시는 '사무라이 플렉스'라는 부엌용 식칼을 선택했다.

그녀는 말기 암환자이나. 이 회사에서 25년을 일했고 최근 8년 동안 사람들을 이 홀에 보내는 일을 했다. 하지만 이 홀에서 무슨 일이 일어나는지는 몰랐다고 한다. 죽기 전에 홀에 있는 사람들을 돕고 싶다고 했다. 그녀는 자발적 연대를 실현하고 싶었다. 모두가 필요한 만큼의 식사만 하는 것이다. 고렝은 이모구리 생각에 부정적이었다.

"변화는 절대 자발적으로 일어날 수가 없어요."

[고렝의 홀 참여를 접수하고 있는 이모구리]

이모구리는 아래층 사람들에게 음식을 먹을 만큼만 먹고 아래층 사람을 위해 남겨두라고 했다. 그리고 이 메시지를 아래층에 전해달라고 했다. 하지만 이러한 노력은 성과를 내지 못하고 한 달이 지났다.

LEVEL 202

고렝이 깨어났을 때 이모구리는 이미 목을 매 죽어 있었다. 그녀는 왜 뛰어내리지 않고 목을 매 죽었을까? 고렝은 레벨 202에서 어떻게 한 달을 버틸 수 있을까. 그의 플랫폼에는 빈 그릇만 있었다. 고렝은 깨진 접시 조각으로 벽면에 지나간 날수를 표시했다. 정신은 혼미해져 갔다.

LEVEL 6

침대에서 겨우 눈을 뜬 고렝은 위층을 향해 소리치는 바하랏을 보게 된다. 바하랏은 밧줄을 가지고 있었다. "5층만 더 올라가면 밖으로 나갈 수 있어."라고 고렝을 보고 말하고는 위층 사람들에게 도와 달라고 했다. 하지만 위층 사람들은 아래층 사람의 말을 듣지 않는다. 왜냐하면 위층에 있기 때문이다. 바라핫은 소중한 밧줄을 잃고 만다.

고렝은 바라핫에게 플랫폼을 타고 내려가 사람들에게 음식을 고르게 나누어 주자고 제안한다.

> "레벨 50 사람들은 매일 먹었어.
> 레벨 51부터 시작해야 해."

[플렛폼을 타고 내려가는 고렝과 바라핫(좌)]

그들의 여정은 순탄치가 않았다. 도중에 바라핫은 스승을
만난다. 스승은 꾸지람과 함께 새로운 가르침을 준다.

“상징이 있어야지.
맛있는 음식에
완벽한 접시.”

그런 음식을 레벨 0으로 돌려보내라는 것이다. 그것이 ‘그
들에게 보내는 우리의 메시지가 될 것’이라고 했다. 두 사람은
‘판나코다’라는 음식을 메시지로 선택한다. 그리고 그 음식을
끝까지 지키려고 애쓴다. 두 사람은 레벨 51부터 음식을 나누어
줬다. 하지만 쉬운 일은 아니었다. 생각보다 레벨이 많았고 음
식은 곧 떨어지고 말았다.

얼마나 내려갔을까? 마지막 레벨은 얼마였을까? 과연 그들

은 레벨 0으로 메시지를 보낼 수 있었을까?

　음식이라는 인간에게 없어서는 안 되는 절대적인 요소와 수직 홀이라는 상상력으로 인간의 불평등을 적나라하게 파헤친 영화. 반전에 반전을 거듭하는, 당신이 상상하지 못했던 세계가 있다.

[이탈리아 푸딩 요리 「판나코다」]

QR 코드로 유튜브에 쉽게 접근할 수 있습니다.
동영상으로도 관람하세요.
유튜브 검색시 '더 플랫폼 _시마 04호'를 입력하세요.
https://youtu.be/PUndj8GfM6E

시마詩魔 논평

심장을 뚫고 들어갔다가
다시 나오는 시들

_이병철(시인/문학평론가)

심장을 뚫고 들어갔다가 다시 나오는 시들
— 『시마』 제3호를 읽고

이병철 (시인/문학평론가)

코로나19는 우리의 삶을 바꿔놓았다. 가정, 직장, 학교, 상점, 거리, 공원, 공연장, 경기장의 풍경이 지나치게 낯설다. 그런데 이 낯섦이 이젠 익숙함이 되어가고 있다. 코로나 이전의 삶으로 돌아갈 수 있을까? 불과 몇 개월 전의 세상이 가물가물하다. 지금은 당신의 눈빛을 볼 수 없고, 음성을 들을 수 없고, 손을 잡을 수도 없는 비대면의 시대다. 사람과 사람 사이가 남극과 북극만큼 멀어진 느낌이다.

일상의 모든 것이 달라졌기 때문인지 여전한 것, 변함없는 것이 그저 반갑기만 하다. 마스크도 쓰지 않고 늘 우리 삶과 마주보는 시가 특히 그렇다. 시는 가장 내밀한 비대면의 방식으로, 또 가장 격리된 대면의 형식으로 우리와 대화한다. 지난 계절 『시마』 제3호에 실린 38편의 시를 읽으면서, 나는 그 어떤 캄캄한 절망 가운데서도 "기어코 심장을 뚫고 들어갔다가 다시 나오는 것"(박서영, 「참새」)이 시임을 확인할 수 있었다. 감사한 일이다.

　모든 분들의 시를 언급하고 싶지만, 지면이 한정된 관계로 몇 편만 간추려 보았다. 이 글은 어쩌면 순전히 내 주관과 취향이 반영된 개인적 글쓰기일 지도 모르겠다. 38편의 시는 모두 공고한 자기 세계와 미적 가치를 지녔는데, 눈이 어둡고 손이 둔한 나로서는 그저 내가 말 붙이기 편한 작품들만을 붙들어볼 수밖에 없었다.

　강지혜 시인의 「손」은 "어머니 따뜻한 손에서/ 묵은 삶의 냄새/ 홧꽃의 향기가 번져 나온다"는 문장을 통해 시적 감동이 삶의 진실하고 구체적인 체험에서 발생한다는 것을 보여주고 있다. 요즘처럼 송홧가루 날리고 아까시 꽃 냄새가 사방을 가득 메운 계절에 읽으니 더 실감이 났다. "따뜻한 손"이라는 촉각적 심상에서부터 묵은 삶의 냄새와 홧꽃의 향기를 발견해낸 공감각 이미지가 특히 아름다웠다.

　김성백 시인의 「배꼽찬스」는 '꽃'과 '배꼽'에 대한 남다른 상상력으로 관념에 구속된 대상의 의미를 자유롭게 풀어주는 데 성공하고 있다. "꽃은 뿌리가 꿈꾸는 나무의 포르노"라든가 "톱날이 들어오는 자리가 나무의 배꼽"이라고 시인이 노래할 때, 꽃은 뿌리의 리비도로, 나무에 패인 상처는 '태풍'을 잉태하는 또 다른 풍경의 가능성으로 전환되는 힘이 인상적이었다.

　박병란 시인의 「그럴 리 없겠지만요 나는 어두워져요」에서는 "서로의 호칭으로 사는 동안 나는 텅 비어 갔습니다"라는 대목에 눈길이 한참 멈췄다. 이름 대신 한 평생 '엄마', '아버지', '아내', '남편'이라는 역할로만 살아 온 분들을 떠올리는 사이 어느

덧 가정의 달 오월이 저물었다. 한편 "하늘에 들지 못한 한 방울의, 한 방울의 투명"을 노래한 이우디 시인의 「숨」은 맑은 이슬방울처럼 투명하고 섬세한 언어들이 그야말로 "기막힌 단문"을 이루고 있었다. "깨알 같은 물방울들 허공을 기어올라/ 무지개 걸개그림 턱 내다 거는" 자연의 미시적 풍경을 곡진하게 묘사한 송태한 시인의 「시간의 모서리」 역시 청신한 언어 감각을 통해 자연의 새로운 상상력을 보여주는데, 시를 읽으며 "속눈썹 틈 일렁이던 졸음"이 확 달아나는 즐거운 경험을 했다.

오영미 시인의 「비빔국수를 먹다가」는 일상어의 특별한 용법이 어떻게 아름다운 시가 되는지를 우리에게 아주 친절하게 보여주고 있다. 이 시에는 고루한 관념어나 한자어, 뜻 모를 의성어와 의태어, 어려운 외래어나 중언부언하는 혼잣말이 보이지 않는다. 힘 들이지 않고 편안하게 툭 툭 말을 던지면서 일상의 구체성을 노래하는데, "애나 어른이나 여럿이 함께", "비빔국수의 어우러짐이/ 갖은 고명의 울타리가/ 힘이 되고 위안이 되는" 순간에 머물 때, 국수는 단순한 음식이 아닌 '사랑'과 '잔정'의 매개가 된다. 저마다 다른 여러 삶의 개별성이 비빔국수라는 총체성으로 통합되는 장면은 백석의 「국수」와 「북관」, 「여우난골족」 등 음식 시편들에서나 보던 것이어서 몹시 반가웠다.

정순자 시인의 「궁평 석양」은 미메시스의 모범을 보여주고 있다. 아리스토텔레스가 말한 미메시스는. 예술 작품을 통해 대상 자체로 건너가게 하는 방법이다. 대상이 지닌 본질을 잘 포착해 낸 예술일수록 그것을 보는 사람으로 하여금 대상에 가까이 갈 수 있게 하는데, "주황과 빨강의 몸부림/ 환상의 색채 화가는/ 푸른 바다에도/ 빨강 다리/ 놓다"고 했을 때, 바다에 '말'의 다리를 놓아 하늘과 바다가 몸을 섞는 오묘한 색의 세계로 우리를 건너가게 하는 것은 바로 시인이다.

서정한 시인의 「당신의 풍경」은 "메마른 논은 땅을 보이지만/ 물이 찬 논은 하늘을 보여줍니다"라는 문장을 통해 자연의 순리와 삶의 지혜를 우리에게 귀띔해주고, 정실로 시인의 「낙사의 계절」은 "한 번만 안아보려 애쓰다가/ 손끝까지 말라붙는 인연이 있다"는 뜨겁고 강렬한 경구로 패가방신하는 비친 사랑의 불길을 경고하고 있다. 그래도 어쩌겠는가? 사랑이란 늘 어리석음의 반복이자 '죽음의 한 연습'인 것을.

"철썩철썩/ 파도는 밑에서, 옆에서/ 왜 자꾸 걷느냐, 왜 자꾸 걷느냐"는 파도의 음성을 활자로 번역한 김정훈 시인의 「해변」은 탁월한 리듬감과 이미지의 강약을 조절하는 행간 운영, 생동감 넘치는 입말의 활용이 인상적인 작품이다. 시어라는 것이 따로 있는 게 아니라 일상의 막돌 같은 말들을 주워 붙여도 보고 쪼개도 보고 이리저리 흐트러뜨리다 보면 부싯돌에서 튀는 불꽃처럼 문장들이 발생한다는 것을 잘 보여주고 있다.

김효빈 시인의 「여행 감기」는 "여행은 감기와 같다", "감기는 여행과 같다"는 은유적 잠언을 통해 우리의 익숙한 인식에 균열을 낸다. 여행은 예측 가능한 일상의 자리에서부터 자기 존재를 분리시켜 낯설고 위험이 도사리는 미지의 세계로 떠다미는 행위다. 그곳에서 감각과 사유는 새롭게 갱신되어, 여행에서 돌아오더라도 우리는 여행 이전과 다른 삶을 살게 된다. 감기 역시 마찬가지다. 한 며칠 되게 앓고 나서 아침을 맞이해 본 사람이라면 알 것이다. 세상이 한없이 다르게 보인다는 사실을. 여행과 감기는 정신과 육체를 미열과 신열로 끓게 하는 작용이며, 자기 존재의 쇄신을 불러온다는 점에서 '유사 죽음―부활'의 메커니즘을 공유한다.

이민우 시인의 「생각 베개」는 잠을 청하기 전 침대에 누워 여러 번 읽고 싶은 시다. "밤마다/ 생각을 베고 자니// 생각이 너무 딱딱한/ 돌베개 같은 날// 생각이 너무 포근한/ 솜 베개 같은 날이 있더라"는 시인의 조곤조곤한 음성이야말로 걱정과 근심, 경직된 사고를 늘 안고 살며 밤마다 불면증에 시달리는 현대인들에게 가장 순한 수면유도제가 아닐까 싶다. 한편 「물의 희롱」에서 "11층 베란다 창문을 매만져주는 빗방울과 4층에서 뭉개지는 빗방울의 표정은 달라 중력이 달라 지붕이 마중 나와 주면 조금이라도 빨리 앉을 수 있을 텐데"라고 쓴 한수아 시인을 우리는 '감각적 이미지스트'라고 부를 수 있을 것이다. 또 "출근할 때 앞서가던/ 키 큰 그림자// 점심으로 무얼 먹었기에/ 아이보다 작아지는가"(「그림자」)라고 노래한 전홍구 시인은 일본의 하이쿠를 뛰어넘는 한국 단시의 무한한 가능성을 보여주고 있어, 그에게 괜스레 감사한 마음이 들었다.

청소년 학생들의 시를 읽는 것은 매우 특별한 기쁨이었다. 한지우 시인의 「비 오는 날이면 종묘에 간다」는 유하의 시를 단순히 패러디한 게 아니라 "정전의 중후함"과 "영녕전의 우아"를 우리에게 환기시키며 올바른 역사관 확립을 촉구하는 성숙한 세계인식의 시다. 특히 "비 갠 날에 간 종묘의 숲은/ 비 오는 날에 간 종묘보다 그리웠고/ 비 오는 날에 간 종묘보다 울고 싶은/

그런/ 마냥 그런 곳이었다"는 진술은, 밝을수록 슬픔과 치욕은 숨을 데가 없으며, 그것을 똑바로 바라보는 것이 "너를/ 나를/ 우리를" 직시하는 일임을 역설하고 있다.

오주희 시인은 「되고 싶은 것」에서 "또 나는 내가 그냥 '나' 이기를 바랍니다/ 나는 그 누구보다도 '나'가 되고 싶습니다"라는 문장을 통해 몰개성과 획일화를 강요하는 기성세대의 '꼰대 마인드'에 경종을 울린다. 세상을 자신만의 감성과 사유로 해석하는 시 쓰기는 어쩌면 '나'를 가장 '나'이게 하는 방법론인지도 모른다. 한편 윤성혜 시인은 "너는 그림자를 사랑하지 마라/ 네가 있을 곳은 오직 양지뿐이다"(「어린 꽃에게」)라며 암울한 코로나 시대를 살아가는 우리에게 환한 위로를 건넨다.

서울 대림초등학교 5학년 김혜민 시인의 시는 초등학생의 시라고 믿을 수 없을 만큼 탁월했다. 마치 박용래 시인을 연상시키는 간결한 아름다움이 짧은 시행마다 빛나고 있었다. "봄바람 살랑살랑/ 방금 올라온 아기 풀/ 내 종아리 간질간질"이라는 노래는 투명하고 부드럽고 따스하기 그지없다. 자연은 늘 인간이 모르는 곳에서 한없이 아름답고, 인간은 자연이 소리 소문 없이 꽃을 피우고, 풀을 밀어 올리고, 바람을 떠메 오고 나서야 비로소 자연의 성실함에 감동한다. 이 시는 이미지, 함축, 리듬 등 좋은 시의 미덕을 두루 갖추고 있다. 성실한 자연처럼 어느새 슬쩍 다가와 읽는 사람마다 미소 짓게 하는 시, 이런 시를 앞으로도 계속 읽고 싶다.

시인은 매일 반복되는 일상을 매일 변화하는 감각과 사유로 살아야 한다. 보편 다수에 의해 확정된 의미를 그대로 수용하는 대신 격렬히 그것을 거부하며 새로운 의미를 발견해내야 한다. 나뭇잎은 초록색, 바다는 파란색, 일곱 색깔 무지개라고 하는 상투성과 확실성의 세계를 향해 주먹을 뻗으며 끊임없이 싸워야 한다. 평범한 것, 사소한 것, 소외된 것을 특별한 대상으로 격상시켜야 한다. 남이 보지 못한 것을 봐야 하고, 붉은 장미 꽃잎에서 창백한 푸른빛을 읽어내야 한다. 지난 계절, 서른여덟 분의 시인들이 겪어낸 치열한 고투의 기록 앞에 겸허히 고개를 숙이며, 다시 올 또 다른 시들을 기다려본다.

이병철 :
2014년 〈시인수첩〉 시 등단, 〈작가세계〉 평론 등단.
한양대학교 대학원 국어국문학과 졸업(박사).
시집 『오늘의 냄새』 산문집 『낚 ; 詩 – 물속에서 건진 말들』『우리들은 없어지지 않았어』
비평집 『원룸속의 시인들』

계간 『시마詩魔』
제5호 시 작품 응모안내
(2020년 9월 발간 예정)

〈도서출판 도훈〉에서는 새로운 작법을 시도함으로써 다각적으로 변하고 있는 현대시를 수용하고자 시잡지 『시마詩魔』를 **계간지**로 발간하고 있습니다.

『시마詩魔』는 시, 시조, 동시, 디카시, 시화, 캘리그라피 등 다양한 형태의 작품을 담아 시의 저변을 확대하고자 합니다.

『시마詩魔』는 등단에 상관없이 누구나 참여 가능합니다.

관심 있는 문우님들의 적극적인 참여를 기대합니다.

『시마詩魔』는 시인을 위한

다양한 볼거리 읽을거리를 제공해 드립니다.

『시마詩魔』는 시를 열정적으로 사랑하는 모든 사람의

시잡지입니다.

■ 대상 : 시를 사랑하는 누구나 가능합니다.
   등단, 미등단에 상관없이 응모 가능합니다.

■ 응모 기간 : 2020년 8월 10일(월)
   선정된 작품은 8월 29일(예정)에 홈페이지에 공지합니다.

■ 선정되신 분들에게는 책을 보내드리며 고등학교 이하 학생들에게는 책과 소정의 원고료를 드립니다.

■ 이메일 접수반 가능합니다.
   보내실 곳 : hello@dohun.kr

자세한 내용은 홈페이지(www.dohun.kr)를 참고해 주세요.〈도서출판 도훈-시마〉

『시마詩魔』 소식

▣ 오디오북, 낭송시 제작 안내

　계간 『시마詩魔』의 내용을 오디오북으로 제작하려고 준비하고 있습니다. 제작된 오디오북은 오디오북 채널을 통하여 공급할 예정입니다. 이도훈 시인의 「상상이 시가 된다」와 유수진 시인의 「내일로 가는 문학 기행」 코너는 동영상으로 제작하여 유튜브를 통하여 공개합니다.

　QR코드를 사용하여 쉽게 접근할 수 있도록 하였습니다. 이후 진행 상황과 자세한 내용은 유튜브(for sleeplesser)와 홈페이지(http://dohun.kr)를 통하여 안내해 드리겠습니다.

▣ 김미희 시인, 제30회 '편운문학상' 수상

　계간 『시마詩魔』에서 「미희와 선하의 시와 사진」을 연재하고 있는 김미희 시인(미국 달라스 거주)이 전윤호 시인과 함께 제30회 편운문학상 수상자로 선정되었습니다.

　축하드립니다. 앞으로 문운이 더 창대하기를 기원합니다.

▣ 『시마詩魔』 신인상은…

계간 『시마詩魔』에서 신인상을 추진하기로 검토한 바 있으나 다른 문학사업을 준비하는 관계로 잠시 보류하기로 하였습니다. 보다 내실 있는 모습을 다진 후 선보이겠습니다.

〈도서출판 도훈〉의 다양한 도전에 많은 관심을 보여주시고
함께 해주시기 바랍니다.

계간 『시마詩魔』 정기구독 안내

계간 『시마詩魔』에서는 정기구독자와 후원자를 모집합니다.

계간 『시마詩魔』는

엄선된 시인의 작품과 일반 회원의 공모시

그리고 **화가, 음악가, 연극인, 소설가, 여행가, 시인의 에세**

이를 연재하여 읽는 이에게 폭넓고 다양한 경험을 제공해 드

립니다.

■ 구독회원 : 연(年) 4만 원, 계간 『시마詩魔』 무료 배송

후원회원 : 연(年) 6만 원, 계간 『시마詩魔』 외 〈도훈〉에서

발행하는 서적 무료 배송

(10종 이내, 전공, 학술서적 제외)

■ 시마계좌 : 농협 302-6722-4621-01

(예금주: 이양훈(본명))

문의 : 010-6722-4621 / hello@dohun.kr

여러분의 많은 후원을 기다립니다.

좋은 책을 만들도록 하겠습니다.

'잡지가 계속 만들어져야

문학이 살고

글 쓰는 사람들이 살고

그래야 독자도 삽니다.'

계간『시마詩魔』

제4호(2020년 6월)

ⓒ 이도훈, 2020

1판1쇄 발행_ 2020년 6월 5일

발행인_ 이도훈
편집장_ 유수진
교　정_ 김미애
디자인_ 한가윤

펴낸곳_ 도서출판 도훈(376-2017-000061)
사무실_ 서울시 서초구 법원로3길 19 2층, w109호(서초동, 양지원빌딩)
전　화_ 010-6722-4621, 0507-1453-4621
팩　스_ 0504-227-4621
이메일_ flyhun9@naver.com
홈페이지_ www.dohun.kr

ISSN 2671-7905
ISBN 979-11-89537-41-8
CIP2020022349

정가_ 11,000원

詩魔(시마) 글자는 사생화가 전덕영 선생님께서 써 주셨습니다.

※ 도서출판 도훈은 수익금의 일부를 학생들을 위한 장학금으로 지급하고 있습니다.